ベリーズ文庫

契約新婚
〜強引社長は若奥様を甘やかしすぎる〜

宝月なごみ

JN167621

STARTS
スターツ出版株式会社

目次

契約新婚
～強引社長は若奥様を甘やかしすぎる～

つかめない和服御曹司

今年の夏こそは痩せよう！

そんな目標を立てたのはいいけれど、達成できないまま七月も下旬にさしかかった。

だって、夏だというのに食欲が落ちる気配はないし。痩せたところで、その体を見せる相手もいないし。相変わらず和菓子は美味しいんだもの。

そんな言いわけを心の中で呟く私は、神代結奈《かみしろゆいな》、ぽっちゃり体型の二十八歳。この暑いのに、緩いウェーブのかかったセミロングヘアを下ろしているのは、言うまでもなく丸顔を隠すためである。

本当は見苦しいであろうむっちり足も隠したいのだけれど……。いかんせんぽっちゃり体型だと人より暑がりなため、意外に思われることも多いがスカートスタイルが多く、今日も涼しさ重視でワンピース着用だ。

でも、締まって見える紺色だし、ウエストマークには、お腹周りをごまかすリボン付き。

これで、少しはマシに見えてるんじゃないかなぁ……なんて思っている。

そんな私が訪れたのは銀座《ぎんざ》のとあるビルの前で、入口の自動ドアの前には大きく『道重堂《みちしげどう》』と書かれた暖簾《のれん》が下がっている。

道重堂は、元禄時代に創業し、あの徳川《とくがわ》将軍家にも献上されたという和菓子屋の老舗。従業員数は国内外合わせて三千人を超えていて、業界で一、二位を争う大手企業だ。

私は都内の小さな出版社でグルメ雑誌の制作にかかわっていて、今度の企画で和菓子を取り上げることになったため、今日は取材の一環で、このお店を訪れたというわけ。

「さて、行きますか……。秋の新作、どんなのだろう」

小さく呟いて、入り口をくぐる。

道重堂の銀座本店は、外観こそブランドショップのようなガラス張りのビルだけれど、一歩中に入れば広がるのは趣のある和の空間。

木や竹材を贅沢に使った内装に、年代物の陶器がセンスよく配されている。情緒あるインテリアに囲まれ、ガラスケースに並んだ和菓子は、まるで美術館に展示される芸術作品のよう。

そんな販売スペースを横目に、私が向かったのは店の奥のカフェコーナー。そこは道重堂の和菓子とともに、抹茶やコーヒーが楽しめる癒しの空間である。

　販売スペースは夜まで営業しているが、このカフェコーナーの営業は昼間だけ。なので、カフェの営業の終わる午後五時過ぎ、お客さんのいないがらんとしたその一角で、ひとりの職人さんに取材を行わせてもらう手筈になっていた。

「わぁ……かわいらしいですねえ。これは、柿と紅葉と栗、ですか？」

　テーブルの上には、黒い塗りのお皿に並ぶ、色とりどりの上生菓子。本来の季節は夏真っ盛りだということを忘れてしまいそうな、秋の涼しげで静かな雰囲気、そして実りの喜びが感じられる。

「そうです。秋はたくさんの作物が実り、美しい紅葉の季節でもあり、日本人が愛する季節のひとつではないでしょうか。だから、毎年なにをモチーフにしようか考えるのが特に楽しいんですよ」

　テーブルに向かい合って座り、笑顔で答えてくれるのは、この道重堂本店で親方と呼ばれている、和菓子職人の倉《くら》田《た》尚《なお》人《と》さん。目が大きく鋭い顔つきの五十六歳で、職人気質の気難しいところのある人だけれど、私に対しては比較的気さくに話してくれる。その理由は……。

「今日は仕事だけど、ラッキーって思ってるんでしょう」

ふざけた調子で倉田さんに尋ねられ、私も笑って本音を隠さず告げた。

「はい。だって、プライベートでは発売前の新作なんて直接お目にかかれませんもん」

「はは。本当に筋金入りの和菓子マニアなんですね。私は雑誌とかテレビに取材されるのはあまり好きじゃないんですけど、神代さん相手なら楽しいです。和菓子に対する知識が豊富なだけでなく、私ら職人のことも理解してくれて、なによりうちの商品への愛がある」

倉田さんにそんなふうに褒められ、恥ずかしい反面誇らしくなった。

なぜなら私は、自他ともに認める熱烈な和菓子マニア。中でも、由緒あるこの道重堂の和菓子は、やはり他とは違う特別な美味しさがあり、週に三回は食べたくなってしまうほどのファンだ。

そうして頻繁に店に通ううち、常連の私のことは従業員の間で噂になったらしい。その噂を聞きつけ、私の和菓子愛を認めてくれた倉田さんとも、こうして親しく話ができるようになった。

「では。お話もうかがって写真も撮れたことですし、そろそろいただいてもいいでしょうか……？」

待ちきれず菓子楊枝《ようじ》を手にする私に、倉田さんはおかしそうに吹き出して、「どうぞ」と言ってくれる。

ああ幸せ……取材とはいえ、発売前の新作和菓子を誰よりも先に食べられるなんて……！

感激に浸りつつ、まずは柿をかたどった橙色の練りきりにそうっと楊枝を入れ、ぱくんと口に含んだ。

「んんん～……この上品な甘さ、舌の上でさらりと溶ける餡子《あんこ》の余韻……ああ、消えないで」

呟きながら目を閉じ、恍惚とした表情で和菓子を味わっていた、その時。

「――倉田。こちらの女性は？」

突然テーブルのそばで、倉田さんとは別の男性の声がした。

私は全神経を口の中に集中させていたため、誰かの足音がこちらに向かって近づいていることなんて、まったく気づかなかった。

しかし、声が聞こえた途端、反射的にドキッとしてしまった。だって、男性の声があまりに甘くて色っぽく、体の芯まで震えるような低音だったんだもの。

いったいどんな顔をしているのだろうと、私は目を開けて声のした方を向く。

「ああ、お疲れ様です、社長。こちらは店のお得意さんで、今日は雑誌の取材に来てくれた神代さんです」

倉田さんがそう紹介してくれているのに、私は挨拶もせず目を見開いたまま固まってしまった。〝社長〟と呼ばれたその男性に、見覚えがあったからだ。

上品な濃紺の着物に身を包んでいる彼は、長身で容姿端麗。長い前髪を左右で分け、片方だけ後ろに流してもう一方は目の端にかかるスタイルが、大人っぽくてセクシーで。かつ、くっきりと整った目鼻立ちが、圧倒的イケメンオーラを醸し出している。

この人、社長になったんだ……。

確か、以前仕事で会った時は専務だったはずだけれど、ずいぶんとスピード出世したみたい。

……でも困ったな。私、苦手なんだよねこの人。

そんな本心を口に出すわけにもいかないし、相手は取材先の社長様だ。私はがたっと音を立てて席を立ち、慌ててバッグをあさって名刺を差し出した。

「み、美郷《みさと》出版の、神代です……！」

「これはこれは、ご丁寧にどうも。道重です」

先ほどと同じく甘い低音でささやいた彼は、スマートな動作で名刺を受け取ると、ジッと見つめて呟く。

「神代……結奈さん？」

「は、はいっ」

「ちょっとお願いがあるのですが」

「は……い？」

私は立ったまま首を傾げる。

二度顔を合わせたことがあるだけの私にお願いって……？　今回の取材に関することかな……？

「倉田。ちょっと席を外してもらえるか？」

そう言ってちらりと倉田さんに向けた流し目も、いちいち色気があって目が離せない。

「え。……はあ。わかりました」

倉田さんもなにがなんだかわからない様子だったけれど、社長の命とあれば従わないわけにもいかないらしい。言われた通り席を立って、厨房へ続く暖簾の向こうへと消えていった。

倉田さんには内緒の話なのだろうか。でも、ふたりきりにしないでほしいな……。

取材のことなら倉田さんだって関係あると思うんだけど。

頭の中が疑問符でいっぱいになるなか、道重社長は再び私に座るようにうながし、自分もさっきまで倉田さんが座っていた席に腰を下ろす。

カフェには他に誰もいないし、お客さんのいる販売スペースからは死角になっている席なので、静かすぎてなんだかいたたまれない。

そもそも私が道重社長を苦手になった理由は、四年前にある。私はその時も仕事で、道重堂主催の茶会に潜入取材していた。

各界の著名人を集めて行われたその茶会で、茶道の心得がある道重社長は自ら集まった人々にお茶を振舞っていて、私も取材のため彼の点《た》てたお茶をいただいた。

しかし、茶会独特の緊張感に負けて、頭にたたき込んでいたはずの作法を忘れてしまったのだ。内心パニックになり、必要以上に茶碗をくるくる回しながらなんとかお茶を喉に流し込んだ。

おまけに、長時間の正座で足は痺れてしまうし、お菓子を食べる時にはつい「美味しい！」と声に出して感激してしまい、周囲の冷たい視線を浴びる羽目になった。

その時、道重社長がどんな顔をしていたかは怖くて見られなかったけれど、茶会の間中ずっと無愛想だったし、行儀の悪い私におそらくあきれていただろう。

初対面の印象がそんな感じだから、こうして面と向かって一対一になるなんて私にとって苦行でしかないのですが……。

社長の様子をそうっと上目遣いで窺うと、まっすぐにこちらを見つめる漆黒の瞳とばっちり目が合ってしまった。息が止まるような感覚がするなか、社長が口を開く。

「お前、独身か？」

「は……？」

私はたぶん、ハニワみたいな顔で固まっていたと思う。だって、取材の話かと思っていたところに、この質問。それに倉田さんがいた時は丁寧な口調で話していたのに、いきなり『お前』って。しかも、『独身か』って。

あまりにぶしつけというか、このご時世セクハラだと訴えられてもおかしくないと思うのだけど。

「あの、今のご質問はどういった意図で」

あいまいに微笑みながら、彼の真意を探ろうとする。

「ああ……説明不足だったな。お前が独身でないなら諦めるが、独身ならあることを頼もうと思っている。で、どっちなんだ？」

説明不足と言いながら、短く語っただけで再び問いかけてくる彼。

いや、まったく説明になってませんけどー！

本当はもっと詳しく聞きたいところだけど、目の前の社長からは有無を言わさぬオーラを感じる。

まぁ、独身か独身でないかなんて、別に大した個人情報でもないし、いいか……。

「……独身、ですけど」

観念して答えた私に、社長はふうとほっとしたような息をついた。そして、改めて射抜くような眼差しを私に向け、ひと言。

「俺と結婚してくれないか？」

……はぁなるほど。結婚してほしいから、独身かどうかを確認したわけね――って。

「けっ……けけ結婚⁉」

衝撃の発言に、私は椅子の上で大きくのけぞった。

なにを突然おかしなことを言っているんだろう、この和服イケメン社長。私たちまだ二回しか会ったことがないし、そもそも住む世界もまったく違う。どこをどう考えてそのふた文字が出たっていうの？

驚きで物も言えない私に、社長は少し考えてからつけ足すように言った。

「ああ……悪いな。また説明不足だった。結婚というか、婚約者のフリをしてくれればそれでいい」

「ふ、フリ……？」

「ああ……実は」

そこまで言って、社長は急に眉間にしわを寄せ、表情を曇らせた。

はぁ、イケメンは苦悩の表情すら画になるんだなぁ。なんて、呑気なことを思っていたのだけど。

「俺の母親が……末期の癌で、余命が、あとわずかなんだ。母親は、ひとり息子である俺が結婚することを楽しみに待っていたが、生きているうちに願いを叶えてやれそうになくて……だから……」

低い声に苦しそうな吐息を混じらせて語る社長に、胸がズキッと痛くなった。

そんな……。彼は見た感じまだ三十代前半くらいで、その母親ということは、五十代のうちの親とさほど変わらない年齢なはず。

その若さで、余命がもうわずかだなんて……。つらい、のひと言では表せないほどの無念さだろう。残された時間で、どうにか親孝行をしたい……そう思うのも頷ける。

「だから……とりあえず、独身女性であれば誰でもいいから、婚約者のフリをしてもらって、お母さんを安心させてあげたいってことですか？」

気遣うようにそうっと尋ねれば、彼は顔を上げて静かに首を横に振った。

「誰でもいい、というのは違う」

「え？」

「さっき、少し離れた場所から取材の様子を見ていた。そうしたら、お前は和菓子に関する知識が豊富なようだし、なにより気難しく無愛想な倉田が、あんなに笑顔で取材に応じる姿は初めて見た。きっとお前は、和菓子職人に心から敬意を持っている。そう思った。それに……」

そこで言葉を切った彼は、しばらく黙った後テーブルの上にある食べかけの和菓子に視線を落とし、なにかを思い出したようにふっと口元を緩めて微笑んだ。

「お前、四年前の茶会に来ていただろう。その間、ずっと居心地悪そうにしていたのに、菓子が出てきた途端に目が輝いて、食べた瞬間は本当に幸せそうだった。ついさっき、この上生菓子を口にした時に同じ顔をしていたから思い出したよ。ああ、あの出版社の女性かって」

道重社長、茶会のこと覚えていたんだ……。でも、彼の心境は私が想像していたものとはまったく違っていたみたいだ。あきれている様子はないし、むしろうれしそうに見えるような……？

「お前が和菓子を食べる時の、あの幸せそうな顔……たとえ〝フリ〟だとしても、道重堂を背負って立つ俺の婚約者役をやってもらう相手にふさわしい。そう直感した。今日こうして再会したのもきっと運命だ。突然で、無理な頼みかもしれないが、どうか……俺の親孝行に、協力してくれないか？」

彼は最後に、「この通りだ」と言ってダメ押しのように深々と頭を下げた。

ま、まさか老舗和菓子店、道重堂の社長ともあろうお方が、普通のOLである私に頭を下げるなんて……そうまでしちゃうほど、本当に困ってるんだ。

それに、息子の結婚するところを見て安心したいっていう、彼のお母さんの気持ちもわからないでもない。

二十八歳にもなって、結婚どころか彼氏すらいない私自身が、いつも両親に心配かけてばかりだから……。

「顔を上げてください」

ゆっくりと顔を上げてこちらを見た彼は、切なげに、すがるような瞳で私を見ている。そんな迷子のような目をした人を、見捨てられるわけがないじゃない。

無愛想だと思っていた印象も話してみれば和らいだし、なによりこの人は、私がこよなく愛する和菓子を作っている会社の社長さんだ。きっと信頼して大丈夫だろう。

私は小さく息を吸い、意を決して告げた。

「フリ……でいいんですよね。私でつとまるなら、やります」

「本当か？」

「はい。ただ、お母様が、私を見てがっかりされないかだけ心配ですけど……」

自分のちょっとふくよかな体型を見下ろし、苦笑いする。そんな私に、道重社長はさっきまでの物憂げな様子を引っ込めて堂々と宣言する。

「俺が選んだ相手なら、文句は言わないだろうし、言わせない。いいじゃないか、肌は柔らかそうだし、まるで大福みたいで」

「だ、大福……!?」

商品として大福を扱っている会社の社長に『まるで大福』と形容されてしまうほど、私って太ってたっけ……！

思わず両手で自分の頬を挟むと、むにゅっとスクイーズのような心地いい感触がして、その柔らかさに愕然とする。

やばい……やっぱり、痩せなきゃ。内心そう決意する私の目の前に、スッと一枚の紙が置かれた。

ん？　これは、まさか……。ある予感を抱いて視線を移動させたのは、紙の左上。

そこには思った通り、〝婚姻届〟の三文字が並んでいた。

「フリとはいえ、ちゃんと婚約者がいるという証明に、母に見せたいんだ。もちろん提出はしないから、署名と印鑑をここにお願いしたい」

事務的な指示に、こくこく頷く。

「あ、はいっ。わかりました」

婚姻届まであるなんて、用意周到だな……。それほど、お母さんを安心させてあげたいって気持ちが強いってことか。道重社長、いい息子じゃない。

母親思いの彼に感心しつつ、私はバッグからボールペンと印鑑を出して言われた通りに署名、捺印した。他の部分は空欄になっているけど、きっとお母様に見せる前に彼が埋めるんだろう。

「できました」

そう言って社長の方へ婚姻届の向きを変えると、それを満足そうに眺めた彼が言う。

「ありがとう、結奈。……あ、勝手に名前で呼んで悪い。これから、そう呼ばせてもらってもいいか?」

わわ、低音セクシーボイスに、名前を呼び捨てにされた。って、取り乱してもしょうがない。これは単に、婚約者のフリに慣れるためだ。そうわかっていてもついドキッとしてしまい、そんな自分をごまかすように聞き返す。

「構いませんけど……ええと、私の方は?」

「ああ、そういえば、下の名前は教えてなかったか。俺の名は彰《あきら》だ」

「彰、さん……」

まだ、彼の目を見て呼ぶことはできず、ごにょごにょと口の中だけで呟いた。

あとで練習しなきゃな……。いつかお母様に会う時に、私たちの雰囲気がぎこちなくて怪しまれてしまったら、元も子もないもの。

「じゃあ、俺は仕事があるからこれで。また連絡する」

婚姻届を着物の懐にしまった彼が、そう言って颯爽と立ち上がる。

「あ、はいっ。お仕事、頑張ってください!」

たとえ偽物でも、婚約者としてはもっと気の利いたことを言わなきゃいけないのかもしれないけど、まだそのお役目も初日。月並みなセリフしか出てこない。

「ああ。お前はゆっくり倉田の自信作でも味わってろ」

かすかに微笑んで言い残した彼は、そのまま店舗の裏口へと消えていった。

彼の着物についていたのか、上品なお香の香りが余韻となって周囲に漂っているのを感じつつ、私は気を取り直して和菓子に向き直った。

そういえば、三つの上生菓子のうち、まだ柿をひと口しか食べていなかったんだっけ。上生菓子は作り立てが絶品なんだから、早く食べなきゃ、職人である倉田さんにも失礼だ。

「うん。……美味しい」

和菓子をゆっくり咀嚼しながら、幸せに浸る。

いきなり社長が現れて、婚約者のフリをするなんて事態になってしまったけど、まぁなんとかなるよね。

口の中の甘さが不安も緩和してくれたようで、私はぺろりと和菓子を平らげた後、厨房を覗いて再度倉田さんに取材のお礼を言ってから、お店をあとにした。

恋はしたいが花より団子

両親とともに暮らす一軒家に帰宅した私は、お風呂上がりに自分の部屋でパソコンを覗き込んでいた。

パイル地のルームウエアに身を包み、お揃いの生地のヘアバンドで半乾きの前髪をぐいっと上げた、完全なるリラックススタイル。

正直、こんな姿を彰さんには見せられないけど、まぁ偽物の婚約者だから、家でどんな格好をしてようと関係ないよね。

「道重彰……あ、いっぱい出てくる」

つい、好奇心で彼の名前をググってみると、彼の簡単なプロフィールや画像がたくさん出てきた。その中から適当に、ひとつのビジネスサイトの記事を読んでみる。

「老舗ゆえの伝統を重んじる社風から、基本的に同族経営の道重堂。その十五代目当主となる彰社長（31）は先代のひとり息子で、大学卒業と同時に入社。数年間営業職についたのち、専務取締役を経て昨年社長に就任した。まだ若く経験は浅いが、カフェ事業でヨーロッパの数カ国に店舗をオープンさせるなど、積極的な経営戦略で道重堂のさらなる飛躍を目指している。……だって」

はぁぁ……。とんだエリート御曹司だわ。

他人事のように感心し、次は検索条件を画像に絞って閲覧する。

「わー。芸能人でもないのに出るわ出るわ」

画面いっぱいに広がる、さまざまな彰さんの姿。服装は今日私が会った時のような和装だったり、スーツ姿だったり……どれをとってもサマになっている姿に、ぼうっと見惚れてしまう。

その時、部屋の扉がノックされ、その向こうから母の声がした。

「結奈〜？　入っていい？」

「あ、うん」

彰さんの画像から目を離さず、適当に返事をする。ガチャッとドアが開き、私の姿を見た母親は、あきれた様子でため息をついた。

「はあ……結奈、もうちょっと現実を見てよ」

「え？」

振り向いた私に、母はパソコン画面を顎で指しながら、苦々しく言う。

「そのイケメン、今人気の俳優さんか誰かでしょ？　そんな手の届かない男性に憧れてぼうっとしてるひまがあったら、現実を見て行動しないと！」

「いや、この人は俳優じゃなくて……」

のんびり否定する私に、母は無理やり、チラシのようなものを押しつけた。

そこにでかでかと載っているのは『ぽっちゃり女性限定婚活パーティ』という文字。

思わず、その下の説明書きを読んでみる。

ぽっちゃり女性は実はモテる！

男性が一番好きな体型はぽっちゃりだ！

ぽっちゃりでも諦めないで！

うーん。なんか、私のようなぽっちゃり女性を励ましてくれているのはわかるけど……。このパーティに来る男性って、言ってみれば体目当てなわけでしょ？　そりゃ、体型まで愛してもらえるのはありがたいのかもしれないけど、なんだかしっくりこないなぁ。

「ふうん、こんなのあるんだ」

興味なさそうに母の方へ突き返すと、さっきよりも盛大なため息をつかれる。

「あのね、きっかけはなんであれ、男性と出会って、恋して、結婚するのって、素晴らしいことなのよ？　お母さんは、結奈にもその幸せを味わってほしいだけなのよ」

「うん。……それはわかってるよ」

私の父と母は、二十代で結婚し、お互い五十代になった現在でも、こっちが引くくらいの仲良し夫婦。週末は腕を組んでデートに出かけるし、年に数回はふたりきりで泊りがけの旅行をしている。

そんな姿を見せられて育ったんだから、私だっていい人とご縁があれば、両親のような円満な家庭を築きたいと思っているんだよ？　ただ……そのいい人にはまだ巡り会ってないだけで。

「好きな人でもいるの？」

不意に母にそんなことを聞かれ、一瞬固まった。

いや、好きな人なんていないけど、これ以上の追及から逃れるには、嘘をつくしかない。

「まぁね。でも片思い」

なんて、しらじらしく告げてから、内心では母に「嘘ついてごめん！」と両手を合わせた。

すると母は半ば諦めたように微笑んで、手の中のチラシをくしゃっと潰して言った。

「……そ。まぁ、恋してるだけいいか。うまくいったら、紹介しなさいよ」

「う、うん。わかった」

母が部屋を出ていき、パタンと扉が閉まると、私はほっとして脱力する。それから
パソコンの方に向き直り、画面に映る彰さんを見ながらぼそっと呟いた。

「実際は恋どころか、この人の偽物の婚約者を演じるんだもんね……なにやってんだろ、私」

落ち込みそうになった気持ちを切り替えるように、マウスをクリックして、彰さんの画像で埋め尽くされたウインドウ画面を閉じる。それから、とあるブログサイトにログインした。すぐさま画面の一番上に、大きくブログタイトルが表示される。

『大福いちこのぽっちゃりでなにが悪い！』

なにを隠そう、これは私が趣味で書いているブログで、大福いちことというのは、ブロガーとして使っているハンドルネーム。

長年食べ歩いている和菓子について、その商品情報や写真、実際に食べた感想などを載せているのだ。それが意外とうけていて、最初は数人だった読者も今では千人を超えている。

完全に趣味で始めたものだったけど、今では一日の終わりにこれを書かなければ落ち着かないくらい、生活の一部になっていた。

「さて、今日の記事は……道重堂の発売前の商品のことは書けないから、お昼休みに食べたコンビニの白玉ぜんざいのことでも書こうかな」

鼻歌交じりにキーボードをたたいているうちに、夜は更けていく。

平日昼間は仕事、夜は趣味のブログ、休日は和菓子の食べ歩き。

こんな生活で出会いがあるわけないとわかっているけど、なかなか一歩が踏み出せないんだよね。その理由もなんとなく思い当たるけど……。

脳裏をよぎるのは、過去にひとりだけお付き合いしたことのある男性から言われた言葉。

『俺、次はもっと小食で痩せてる子と付き合うから。……つか、いい加減お前もダイエットしろよな』

そんな宣言をされ、当時の私はかなりのショックを受けた。だって、付き合いたての彼はむしろ逆のことを言ってくれていたのだ。

『結奈くらいぽっちゃりの方がかわいいよ』

『いっぱい食べてる結奈がかわいい』

『俺は、そのままの結奈が好き』

私はそれを言葉通りに受け取って、デートのたびにおすすめの和菓子屋さんに連れて行った。美味しいものを、好きな人と共有する幸せを感じたかった。

ただ、それだけだったのに……彼の方は、毎度毎度甘いものを食べさせられること に、次第にうんざりしていたらしい。半年ほど付き合った後で、先ほどの別れの言葉を投げつけられたというわけだ。

その彼に未練はないけれど、心に負った傷だけはなかなか癒えてくれなくて、私はそれ以来、恋らしい恋を一度もしていない。

きっとあの時のように傷つきたくないから、誰かを本気で好きになることに、知らず知らずのうちに臆病になっているんだろうな……。

そこまでぼんやり思い至った後、我に返ったようにふるふる首を横に振る。

「いかんいかん、和菓子の美味しさを語るのに、失恋の思い出なんていらないって」

私は邪念を心の隅に追いやって、再びキーボードをたたくことに専念するのだった。

私の勤める美郷出版は新橋《しんばし》にあり、オフィスビルのワンフロアを借りている、小さな会社。

主にグルメブックや、日本各地のガイドブックを手掛けていて、私は面接の際に一発でグルメ枠に採用になった。

その理由を会社に聞いたことはないけれど、自分では絶対に体型のせいだと思っている。

わりと新しい会社で、新進気鋭といえば聞こえはいいけれど、要は貧乏な中小企業。オフィスビルは古くて大したセキュリティもないから外部の人間も入り放題だし、カメラマンやライターを雇う余裕がないため、人使いが荒い。先日の道重堂の取材を私ひとりで行ったのもそのせいだ。

こんなに一生懸命働いているんだから、もうちょっと痩せてもいいと思うんだけど……勤め始めて六年目にさしかかった現在も、私のぽっちゃり体型はずっと維持されている。

いったい、なぜなの。

「結奈せんぱぁい、お昼行きましょ〜」

道重堂に取材をした翌週の金曜日のこと。昼休みを迎えたオフィスで、同じ部署に勤務する後輩、森田花《もりたはな》ちゃんにランチに誘われた。

花ちゃんは二十四歳で、スリムだし肌はぴちぴち、ストレートロングの髪もつやつやで、さらには付き合って二年の彼氏もいるというリア充。

仕事もちょうどひと区切りついていたので、「いいよ」と快諾し、ふたりで会社近くの定食屋に向かうことにした。

外に出れば、さすがオフィス街とあって、どの飲食店もサラリーマンや私たちのようなOLの行列がずらり。とはいえどの店もお客の回転がいいので、いつものように行列の最後尾に並んだ。

隣に立つ花ちゃんはスマホを操作していて、その表情はニコニコうれしそう。きっと彼氏からのメールでも見ているんだろう。

「花ちゃん、今日も仕事の後、彼氏とデート？」

「えへ、そうなんです～。今日金曜だから、泊りでどっか行っちゃう？って」

「いいねえ～。相変わらずラブラブで」

幸せいっぱいな彼女の恋バナを聞いていると、私もやっぱり恋がしたいな、と思う。

そんな私の羨む気持ちが顔に出ていたのか、花ちゃんがハッとなにかを思い出した様子で、スマホを素早く操作すると、ある画面を私に見せてきた。

「先輩、こんな婚活パーティもあるらしいですよ！　これ、絶対に結奈先輩向きだと思うんですけど！」

ん？　これはなんか、見覚えがあるような。……あ。

スマホの画面には、先週も見た、ぽっちゃり女子を励ますフレーズの数々が並んでいた。

こ、これは……媒体こそ違えど、お母さんが見せてきたチラシとまったく同じでは。

「あはは、ありがとう花ちゃん。実はこれ、自分の親にも見せられたんだよね。でも、ぽっちゃり体型ってだけで男性から好かれても、見られてるのは体だけって感じで、どうなの?と思っちゃってさ」

乾いた笑いを漏らす私に、花ちゃんはもともと大きな瞳をくわっと見開いて、お説教モードに入る。

「なに言ってるんですか。先輩はもう、そういう言いわけを四の五の言ってる場合じゃない年齢に差しかかってるんですよ?　結婚したいならもっとガツガツしないと!」

うう、自分より若い子に言われると、自分の親に発破かけられるより凹むなぁ……。

花ちゃんは相手が先輩だろうが上司だろうがこうしてズバズバと発言できる性格で、それがまた羨ましく、まぶしい存在だ。

基本的に気の弱い私は、自分の考えと違うなと思っても口に出さずに愛想笑いでごまかすことばかりだから。

今回も微妙な笑顔を貼りつけたまま、「そうだよねえ」なんて心にもない相槌を打つ。

　そうこうしているうちに行列は進み、私たちも無事店内に入ることができた。がやがやとにぎわう店内は、揚げ物やみそ汁のいい香りが充満していて、食欲をそそられる。

「なんにしようかなぁ」

「先輩は、ささみと大葉のヘルシーチキンカツがいいと思います」

「えっ。大判ロースカツ、ダメ？　食後に宇治金時もつけたいんだけど」

「ふふっ。どんだけ食べるんですか。冗談ですから、好きにしてください」

　きつい物言いもする花ちゃんだけど、そうやって笑うとまさに花のように綺麗。きっと、彼氏に大事にされてるんだろうなぁ……。遠い目で彼女のきらきら輝くオーラを眺めつつ、私はちゃっかり大判ロースカツ定食をオーダーした。

　恋する乙女の花ちゃんは今夜のデートのことを思うと胸がいっぱいらしく、さばの塩焼き定食だなんて弱気な料理を頼んでいた。

　やがて運ばれてきた大判ロースカツは、その名の通りお皿からはみ出んばかりの大きさ。からっときつね色に揚がり、断面からは光る肉汁が溢れていてテンションが上がった。

一番好きなものと言われたら和菓子だけど、とにかく食べることが好きな私は揚げ物だって大好きなのだ。さっそくソースをたっぷりかけて、その巨大なひと切れを箸で掴み大きな口を開けてかぶりついた。

見た目以上にさくっとした衣の食感。その直後、旨味たっぷりの肉汁が口の中で弾けて、ソースの味と交じり合い、噛めば噛むほど、お肉そのものの味と、脂の甘さとが溶け合って……。

「ん～～。おいひぃ」

その様子を見ていた花ちゃんは、クスッと笑ってこう漏らす。

「結奈先輩が、いつか食べ物じゃなくて男の人に対してそうやってときめいてる顔、見てみたいんですけどね」

うーん、そんな顔、花ちゃんに見せられる日なんか来るだろうか。

期待薄だと思いながら、もっしゃもっしゃとカツを咀嚼していたその時だった。

「先輩、携帯鳴ってます」

花ちゃんに言われて見ると、テーブルの上に出していた私のスマホが震えて着信を知らせていた。電話帳に登録されていない人からの着信らしく、画面には電話番号だけが表示されている。

「誰だろ……花ちゃん、ちょっとごめんね」

仕事関係だったら、すぐに対応しておかないと。花ちゃんに断って席を立ち、店の外に出た。

冷房の効いていた店内とは真逆の、むわりと不快な外の暑さに私は顔をしかめつつ、通話をタップしスマホを耳に当てた。

「はい、神代です」

《結奈か？　……俺だ。彰》

——彰さん。

心臓が大きくジャンプしたのは、彼が名乗るより先に、鼓膜をくすぐる色っぽい低音が、彼のものだと気づいていたからだ。

電話越しだと直接耳に吐息がかかったみたいな……そんな甘い声なんだもん。

それに、連絡するとは言われていたけれど、一週間音沙汰がなかったので完全に油断していた。

「彰さん……あの、こんにちは」

なんの用だろう。私は当たり障りのない挨拶をしながら、スマホの向こうの声に意識を集中させる。少しの沈黙の後、電話越しの彼が静かに話し出した。

《昨日、さっそく母親に結奈の話をしたら、すぐにでも会いたいと言い出してな……。結奈さえよければ、今夜、両親と一緒に食事でもどうかと思ったんだが、都合はどうだ》

こ、今夜ですって？　特に予定はないけど、急すぎない？

「あの、都合は大丈夫なんですが、ご両親にお会いするのに適当な服とか、靴とか、そういうの、まだ準備できてなくて……」

彰さんのご両親ということは、道重堂の先代の社長とその夫人なわけでしょ？　やっぱり会う時には、それなりの服装じゃないとダメだと思うわけよ。

今日の私の服装は、目の錯覚で痩せているように見える（と思いたい）ブルーのストライプ柄シャツワンピ。

清楚な感じは悪くないかもしれないけど安物だし、そんな大事な食事会に着ていくものではないよね……。

自分の格好を見下ろし思案していると、耳元の彰さんの声が少し不機嫌になる。

《……結奈。先日も言ったが、母にはあまり時間がないんだ。服なんかどうでもいい。仕事終わるの何時だ？　会社まで迎えに行く》

えっ！　迎え⁉　……でもそっか。彰さんのお母さんは余命がいくばくもないんだった。服装なんか理由にして断ってる場合じゃないのか……。

迷ったけれど、婚約者のフリをすると引き受けたのは自分だ。途中で投げ出すわけにはいかない。

「わかりました。仕事は、六時過ぎには終わるかと」

《六時過ぎだな。名刺に書いてある住所でいいんだろ？》

「はいっ。では、またのちほど……！」

通話を終えると、スマホを胸に抱いて大きく息をついた。

ああ、緊張した……。彰さんの声って、電話で聞くとまた一段とエロ……もとい、色っぽいから。

そんなことより、今夜、彼のご両親と会うことになってしまった。私、彰さんのことなんかなにも知らないのに、ぼろを出さないようにできるかな？

「あ、おかえりなさーい。長かったですね、電話……って」

花ちゃんの待つテーブルに戻ると、テーブルの向かい側にいる彼女がなぜかずいっと身を乗り出し、私の顔を覗き込んでくる。

「先輩」

「な、なに？」

目をしばたかせてきょとんとする私に、花ちゃんがびしっと人差し指を突きつける。

「ソース、ついてます。唇の端」

「えっ！」

慌ててバッグからコンパクトミラーを取り出すと、本当に口の端が褐色にきらめいている。

うわぁ……この顔で彰さんと電話してたのか。テレビ電話だったわけじゃないのに、なぜか恥ずかしい。

メイクが落ちないよう注意しながら、おしぼりでソースがついた部分をちょんちょんと拭う。その姿を眺めていた花ちゃんが、信じられないものを見たような顔で呟く。

「どうしたんですか先輩。いつもならぽっちゃり専用とんかつソースグロス～とか言ってふざけるのに、乙女な顔してすぐ拭いたりして」

「え、あ、そうだっけ？」

とぼけてみせたけど、少しドキッとした。

そういえば、いつもの私らしくない行動だったかしら。イケメンかつイケボの彰さんとちょっと電話しただけで、動揺してしまったんだろうか。

でも、彼のことは誰にも、もちろん花ちゃんにも言うつもりはない。彼のお母様の

 こともあってデリケートな話だし、どうせ一時的に婚約者のフリをするだけだしね。

気を取り直して食事を再開し、食後には宣言通り宇治金時まで余裕で完食。こんな私が乙女になるなんて、今のところはあり得ないよ。うん。

なかなか変わることのない自分の花より団子精神にあきれながら、平和な昼休みは過ぎていった。

契約結婚の条件

終業時間の午後六時をちょうど迎えたころ。仕事に区切りのついた私は、自分のデスクでうーんと伸びをした。

「お腹すいたな……」

ランチを終えた後、急に原稿の修正や取材日のスケジュール変更などイレギュラーな仕事に追われて忙しくなったせいか、あんなにボリュームのある昼食を摂ったはずなのにすでに空腹だ。

頑張った脳に、とりあえず糖分補給を……。

私はデスクの一番下の引き出しを開け、常備しているお気に入りのかりんとうを出した。袋の口の部分がチャック式で、食べかけでも湿気にくいのがありがたいんだよね。

そんなことを思いながら、一本のかりんとうをポリ、とひと口かじった時だった。

「せ、先輩〜！　今、このビルの真下で、高級外車からすんごいイケメンが出てきたんですけど！」

取材かなにかから帰ってきたらしい花ちゃんが興奮気味にオフィスに入ってきて、話しながら一目散に窓辺に駆け寄った。

「へえ。どれどれ。私も見たい」

私は野次馬根性で、かりんとうの袋を片手に花ちゃんのもとへ近づく。

けれど、ひと足遅かったようだ。私が窓の下の道路に確認できたのは、かりんとうのごとく黒光りしている、高級外車の方だけ。

「残念。イケメンさんは、もうビルに入っちゃいましたね。でも、ここに入ってる会社であんなイケメン社員見たことないですけど……取引先の人とかかなぁ」

「そんなにイケメンだったんだ」

「はい。あんな人に言い寄られたら、彼氏持ちでも揺れちゃうって感じです」

「え～、なおさら見たかったなぁ」

話しながらかりんとうの袋に手を突っ込み、ひときわ大きな一本を取り出してかじる。

うん、黒糖の素朴な甘さって、疲れを癒してくれるんだよなぁ……。

至福の表情でうっとりしていたその時、隣にいた花ちゃんがくいくいと私のワンピースの袖を引っ張って、大事なもぐもぐタイムの邪魔をしてきた。

「なに、どしたの花ちゃん」

「先輩、あ、あれです。さっきのイケメン……」

呆然と彼女が見つめる先は、オフィスの出入り口。

そこには、圧倒的なイケメンオーラを放ちながら、誰かの姿をきょろきょろと探している、長身のスーツ姿の男性……って、あ、彰さん⁉

私が気づいたのとほぼ同時に、彰さんもこちらに気がつく。彼は私の姿を認めると、無表情でつかつかと歩み寄ってきた。

やば。そういえば迎えに来るって言われてたのに、私ってば忙殺されてすっかり忘れてたうえ、かりんとう爆食してた……！

左手には大量のかりんとうで膨らんだ袋。右手には食べかけのかりんとう。こんなみっともない状況で彼と再会することになるなんて！

内心冷や汗をかきつつその場を動けずにいると、とうとう彰さんが目の前にやってきて、短く告げた。

「結奈。約束通り、迎えに来た。そんなものを食べているということは、仕事はもう終わっているんだろ？」

「は、はいっ。すみません、のんびりしてて」

慌てて答える私の傍らでは、花ちゃんが「結奈呼びとか……迎えに来たとか……」と、うわ言のように呟いている。

そうだよね……この状況、現実とは思えないよね。でも、とりあえず彼女に説明するのは後にして、帰り支度をしなければ。

「ちょ、ちょっと待っててくださいね。支度しますから」

彰さんに微笑みかけて自分のデスクの方へ向かおうとしたその時、彰さんから不意に質問が飛んできた。

「ちなみにそのかりんとう、どこのだ？」

「え、ええと……柏木《かしわぎ》食品です。秋田のお店なんですが、好みの味なので、ちょくちょくお取り寄せしてて」

袋の表示を見ながらたどたどしく説明した私に、彰さんはかすかに口角を上げて、とんでもない発言をする。

「さすがは俺の嫁だな。やはり、確かな味覚を持っている」

よ、嫁……？　それはさすがに気が早いというか、そもそも偽物の婚約者なんですけど。

そう突っ込みたかったけれど、味覚を褒められて悪い気はせず、特に否定しないまま「ど、どうも……」なんて照れ笑いをする私。

「ああ……ダメだ。私、白昼夢を見ているようです……お先に、失礼します」

顔色の悪い花ちゃんはふらふらと私たちのもとを離れ、帰り支度を済ませると、さっさとオフィスを出て行ってしまった。

あらら……花ちゃん、とうとうこの非現実的すぎる光景に、耐えられなくなったか。本当は彰さんのことを誰かに話すつもりはなかったけれど、花ちゃんには事情を説明してあげないと、彼女どうにかなっちゃいそう。

私自身が、こんなイケメンのおそばにいること、未だに信じられないし……。

「あ、すみません。ずっと立たせたままお待たせして。デスクすぐ片づけちゃいますから、もう少々お待ちください！」

「じゃあ、俺は車で待ってる。黒いの、そこから見えてるだろう？」

そう言って、先ほど私と花ちゃんがへばりついていた窓の方にちらりと視線を投げた彼。

やっぱりあの高級外車は、彰さんのなんだ……。

彼の持っている地位や財力を改めて感じ、こんなすごい人の婚約者のフリをするなんて私にできるのかと怖気づいてくる。

「じゃ、すぐ来いよ」

「は、はいっ」

しかし、彰さんの方は私のひるんだ様子なんかお構いなしにオフィスを出て行ってしまい、もう腹をくくるしかなかった。

私は特に目を惹く容姿でもないし育ちもよくないけれど、道重堂のお菓子に関することなら延々と語れる自信がある。それでなんとかご両親との会話が盛り上がれば、大丈夫……かな？

自分を励ましながら会社を出て、彰さんの待つ車の前まで来た。私の姿を確認した彼はいったん運転席から降り、スマートな動作で助手席のドアを開けてくれる。

「お待たせしてすみません。ありがとうございます……」

男性が運転する車の助手席に乗せてもらうなんて初めてのことで、緊張気味に腰を下ろしてシートベルトを締める。

この車、いい匂いがする。この間、着物についていたお香にどことなく近い、上品で安らぐ匂い。私がくんくん鼻を鳴らしている間に彰さんが運転席に戻ってきて、手慣れた動作で車を発進させながら私に言った。

「ちょっと、ダッシュボード開けてみてくれるか？」

「ダッシュボード？　はい、ここですかね」

私は前方に手を伸ばし、押すと上に開くタイプの収納を開けてみた。

そこにあったのは、光沢のある純白のリボンがあしらわれた、小さな楕円の箱。

まるでプレゼントのようだけど、まさか偽物の婚約者にそんなもの用意するわけないだろうし……。

不思議そうにする私に、運転席から彰さんが声をかける。

「すぐ使うことになるから、開けてみろ」

「使う？　わかりまし……た」

言いながらパコッとふたを開けた私は、目を丸くした。楕円の中央でまばゆい光を放つのは、大きさの違うふたつのプラチナリング。

ふたつセットの指輪ってことは……もしかしなくても、私たちの結婚指輪？

「あ、彰さん、こんなものまで用意していたんですか？　婚姻届のことといいずいぶんリアルを追求するんですね」

婚姻届と同じく、これは今夜のご両親との会食をスムーズに進める道具のひとつにすぎない。そう思っても内心動揺してしまう自分をごまかすように、私は続けて質問をぶつける。

「でも、なんで結婚指輪なんですか？　私が演じるのって、婚約者役でよかったはずですよね？」

指輪も、用意するなら婚約指輪の方が適当だと思うのだけど。

しかし彰さんは、ハンドルを握ったままでしれっと信じられない発言をした。

「今日の昼間、あの婚姻届を提出してきた。俺たちは晴れて夫婦になったんだ。もとよりそのつもりだったから、結婚指輪も用意していた」

は……？　婚姻届を出した……？

彼の言っていることがよくわからず、目を見開いて固まる。

「なにを呆けた顔してるんだ。お前は今日から道重結奈になった。そう言っている」

「いやいや、そんな簡単に結婚ってできますっけ……？　そりゃ、婚姻届は書きましたけど、他にも提出しなきゃいけない書類とかありますよね？」

これは悪い冗談だ。そう自分に言い聞かせながら、ひきつった笑みで彼に尋ねる。

「戸籍謄本のことか？　とある筋にお前の情報を調べてもらって母親に連絡したら、すぐに用意してくれた。お前のこと、このまま一生結婚できないんじゃないかと心配していたそうだから、親としてなんとお礼を言ったらいいかと感激されたぞ」

お、お母さんってば、いくら娘をもらってくれる男性が現れたとしても、初対面の相手に戸籍謄本を渡すなんて信じられない！

「そもそも私、フリだから承諾したんですよ？　余命の短いお母様を安心させたいっていう、彰さんの親孝行のお手伝いができればって……ただそう思っただけで」

「ああ、そういえばそんなことを言ったか」

彰さんは他人事のように呟いて、ふっと鼻で笑う。その態度に違和感を覚え、不吉な予感が胸をよぎる。まさか、お母様の体のことって……。

「母ならぴんぴんしているよ。病気だなんだというのは、婚姻届にサインさせるための嘘だ」

あっさり嘘を認めた彰さんに、開いた口が塞がらない。

「な、なんでそこまで……！」

実の母を病人に仕立て上げ、婚姻届にサインさせ、私の母に協力を仰いでまで、結婚を焦る理由は……？

その時ちょうど信号が赤になり、車が停車するのと同時に、彰さんが私の方を向いて口を開いた。

「正直言って、お前に恋愛感情はない。が、道重堂のことに詳しく、職人を敬愛する心もあり、和菓子の美味しさを見極める鋭い味覚を持っているお前こそ、俺の嫁にふさわしい。そう思ったから行動に移したまでだ」

最初のひと言で、がくっと気が抜けた。まぁそりゃそうだよね。恋愛感情があるわけないでしょうよ。

でも、愛の告白とはほど遠い口説き文句を聞いているうちに、不思議と私の心はゆったりとだが動き始めた。

彰さんは道重堂の社長で、色々な重圧や責任を背負って生きていかなきゃならない人だ。そんな人の結婚はたくさんのしがらみがあるだろうし、恋愛感情だけで突っ走るものでもないのだろう。

私ももうちょっと若ければ、好きな人を見つけてゆっくり恋愛を謳歌して、それからでも結婚できたけれど……。前回の失恋の傷を引きずっている上に、母親や花ちゃんからのそろそろ焦りなさいオーラが変なプレッシャーになって、結婚どころか恋愛すらできそうな気配はない。

だったら恋愛結婚が望めない者同士、利害の一致ってことでこの結婚に乗ってみるのもアリなのかな……？

でも、すべて彰さんの計画通りに事が運ぶのはなんだか悔しいし、私だってまだ恋愛することを完全に諦めたわけではない。どうしたものか……。あ、そうだ。

私はとっさに頭の中に浮かんだアイデアを口に出してみることにした。

「あの！　ひとつ条件をつけたいんですけど」

「なんだ」

「もしもこの先、私に心の底から本当に結婚したい相手が現れたら、あなたとは離婚する。その条件でオッケーなら、この結婚を受け入れます」

これが、たった今思いついた、私なりの条件だった。その相手が現れるまでの間、結婚生活がどんなものなのか体験させてもらうっていうスタンスなら、ハードルも低い。

すると彰さんは暗い車内で美しい微笑みを浮かべ、余裕綽々《しゃくしゃく》に言った。

「ああ、それで構わない。ま、俺よりいい男が現れるとは思えないが」

なんて傲慢なセリフ。でも、この人にはそれが似合ってしまうからまた悔しい。

「すごい自信……。なんか腹立つから条件追加していいですか？」

「どうせこの結婚はただの契約だ。ご自由にどうぞ」

ありがとうございます。では、自分の欲望に忠実に、追加させていただきます。

すうっと息を吸った私は、正面を見て高らかに宣言した。

「道重堂の新作が出る時は、妻に優先的に試食させること！」

彰さんは一瞬きょとんとして、それから盛大に笑い出した。

「お前……おもしろいな。わかった、その条件も追加してやる。こっちの商品研究の参考にもなるしな」

「やったぁ。ありがとうございます、彰さん！」

子どものようにはしゃぐ私を、彰さんがクスクス笑う。

ダメ元でも、言ってみるもんだなぁ。こんな条件が認められるなら、この結婚、案外悪くないかもしれない。

お気楽な私は、このあと彼のご両親に会うという緊張感も忘れ、まだ見ぬ道重堂の新作和菓子のことで頭をいっぱいにするのだった。

口づけは求肥の感触

高級料亭の一室で顔を合わせた彰さんのご両親は、物静かで優しく、とてもいい方たちだった。ご夫婦ともに六十代で、お父様は道重堂の社長を退いてから別の分野の新事業に着手していて、それをお母様も手伝っているのだとか。

由緒ある道重堂を守ってきたお父様は、本来なら大切なひとり息子の結婚に色々と口を出したいこともあっただろう。

けれど、私が庶民の出であることにも、結婚が事後報告になってしまったことにも特に苦言を呈することなく『ふたりで幸せになりなさい』と、穏やかに言ってくれた。

そしてお母様は、こんなぽっちゃり体型の私に『かわいらしい結奈さんは白無垢もドレスもよく似合いそうだから、結婚式は盛大にやりましょうね』と声をかけてくれ、彰さんとは契約結婚だという事実を一瞬忘れ、じーんとしてしまった。

あんなに優しいご両親のもとに生まれながら、なぜ彰さんはこんなにも——。

「なかなかだっただろ、俺の演技力」

私は帰りの車の中で、得意げに話す彰さんにあきれていた。

彼ときたら、ご両親の前では恋愛感情ゼロだという態度をいっさい見せず、終始私を甘い眼差しで見つめ、『かわいい』だの『心底惚れているんだ』などと、嘘八百を並べ立てたのだ。そして、そのことに罪悪感はまるでない。

「すごいっていうか、二重人格なんじゃないかと心配になります」

私に冷たく言われても、まったく気にするそぶりもなく薄笑いを浮かべている。

ホント、なにを考えているかわからない人だ。

「お前はまた一段と幸せそうに食べてたな。食後のあんみつ」

彰さんが思い出したように呟いた言葉で、口の中に先ほど食べたデザートの甘い余韻がよみがえった。

私はご両親の前であるにもかかわらず、あんみつの美味しさに悶えるように歓喜してしまい、彼らに『子どものころの彰みたい』と笑われてちょっと恥ずかしかった。

「あれ、特に餡子が最高でしたよ。彰さんもみつ豆じゃなくてあんみつにすればよかったのに」

その時、みつ豆を選んだのは彰さんだけ。さすがにご両親の前では言わなかったけれど、餡子をつけないなんてもったいない！と思っていたのだ。

しかし、彰さんの反応はそっけない。

「食後は普通さっぱりしたものが欲しくなるだろ」

「いや、甘いものは別腹ですから」

「結奈は特にな。ま、そうやってお前がうまそうに食べてるのを眺めてれば、俺は満足だから」

　そんな言葉とともに片手をハンドルから離した彰さんに、むにっと頬をつままれた。

「……痛いです」

「おー、見た目以上に柔らかい。くせになりそうな感触だ」

「くせにしないでください。っていうか、事故りますから、ちゃんと両手でハンドル持って！」

「はいはい」

　夫婦になったとは思えない、甘いときめきとは無縁のくだらない話をしているうちに、車は私の自宅へと到着した。

　腕時計を確認したら、午後十時半をまわったところ。

　お母さん、まだ起きているでしょうね……色々問いただしたいことがあるんだから。

　車の窓から恨めしげに自宅を眺めていたら、彰さんが素早く運転席から降り、外から助手席のドアを開けてくれた。

「あ、ありがとうございます」

彰さんってば嘘つきで二重人格なのに、こういう時は紳士だから調子が狂う。

夜の静かな住宅街の中、自宅の前で男の人とふたりきりっていうシチュエーションもいかにもデートの終わりといった雰囲気で、なんだか照れくさいし。

「今日はご馳走様でした。じゃ、また……」

なんとなく彼と視線を合わせづらく、逃げるように玄関に向かって歩き出そうとした時だった。

「結奈」

名前を呼ばれるのと同時に、手首をぐいっと掴まれた。そして振り向いた瞬間、唇にふわりと柔らかい熱が触れた。それはさながら求肥のような、とろける甘い感触で。

……って、いや、求肥じゃない！　これは、彰さんの唇!?

そう理解した途端、心臓があり得ないくらいに大きく跳ね上がった。

ななな、なんじゃこりゃ〜！

突然のキスに内心はパニック。けれど体は逆にかちんこちんに固まって動けない。

唯一動かせる目であちこち視線を彷徨わせても、彰さんの美しいお顔のどアップが眼前に広がっているだけ。

もうっ。どういうことなのか、誰か説明して〜！

理解不能の状況に脳が沸騰寸前にさしかかったところで、ようやく彰さんの顔が離れていった。それから、ほんのり潤った唇の端がくいっと上がり、不敵な笑みで私を見据える。

「今日の褒美」

「ほ……褒美？」

ますますわけがわからない。ご褒美なら、私は本物の求肥をいただいた方が……。

未だどくどく脈打つ心臓を手で押さえつつそんなことを思う私に、彰さんはさっきとは違う、自然な微笑みを向けた。

「今日は、久々に両親のうれしそうな顔が見られた。たぶん、お前のおかげだ」

「え……。私、なにもしてませんよ？　ただ、食べてただけです。恥ずかしげもなく食後のあんみつまで平らげちゃったし」

ご両親を喜ばせたというよりは、笑わせたって感じだと思うのだけど。

不思議そうな私の頬に、彰さんがスッと手を伸ばして優しく触れた。

「それでいい。そんなお前だから、欲しかったんだよ」

——トクン。さっきキスされた時とは違う、優しい胸の高鳴りが、心を揺らした。

いや、なにときめいてるのよ結奈。彰さんの言葉に、甘い意味なんかないはずでしょ。

「恋愛感情はないのに？」

上目遣いで睨んだら、彰さんは頬に触れていた手を引っ込めてポケットに突っ込み、悪びれもせずに言った。

「まぁな。それはそれだ」

「はぁ……。やっぱりあなたの人格がわかりません」

肩を落として嘆いていると、彰さんはくるりと体の向きを変えて、それからちょっとだけこちらを振り返る。

「そんなに俺のことがすぐ理解できてたまるか。徐々に、ゆっくり教えてやるよ」

そうして手をひらひらさせ車に乗り込むと、あっという間に目の前から走り去ってしまった。

私は無意識に左手を目線の高さまで上げ、そこに輝くリングを眺めた。ご両親との会食の直前、車の中というロマンもなにもない場所でそれぞれ自分の指に嵌めただけではあるけれど、いちおうは夫婦の証だ。

まだ彰さんの妻なんだという実感はまったくないけれど、それが夢でないと、この指輪が物語っている。

でも、あんな掴みどころのない人が夫で大丈夫なんだろうか。先行きが不安でしょうがない。

私はひとつ大きなため息をこぼし、玄関に向かう。その途中で、ハッと気がついた。

玄関のドアが妙に半開きで、その隙間からこちらを見てニヤニヤしている人物がいる。

「お帰り～、結奈。さっすが新婚。アツアツねえ」

覗き魔の正体は母で、目が合うなり大袈裟に冷やかしてきた。

「おっ、お母さん！　まさか、ずっと覗いてたの⁉」

バタバタと玄関に押し入り、母を追及する。

「いいじゃない減るもんじゃないし。でも、アンタの気持ちがやっとわかってお母さん安心したわよ。確かに相手があんなにすごい人じゃ親にも話しにくいし、結婚を申し込まれても悩むわ。だから、ネットで彼の写真を見て物思いにふけったりなんかしてたわけね……」

いや……全然違いますけど。

そう思ったけれど、彰さんとの結婚は事実だし、彼の方でも母になにか吹き込んだに違いない。都合よく勘違いしてせっかく安心してくれたのなら、わざわざ不安にさせることもないか。

私は色々諦めて、御曹司との結婚に悩んでいた娘を演じ始める。

「……そうだよ。道重堂の御曹司に好かれるなんて夢じゃないかって思ってたし、身分違いだから結婚も迷っていたの。でも、書きかけだった婚姻届を彼が知らないうちに出していて、私への想いは本物だって示してくれた。お母さんが彼に協力してたとは知らなかったけど、とりあえず私たちうまくいったから。ごめんね、報告が遅れて」

神妙な顔で説明したら、母は瞳を潤ませて私の両手をぎゅっと握った。

「そんなことといいのよ。目いっぱい幸せになんなさい！」

「うん。ありがとう」

――そしてごめん。彰さんの私への想いはまるっきり偽物です。

でも、彼との結婚生活には、男の人に愛されるのとは別の幸せがいちおう待っている。

私、大好きな和菓子の甘さに埋もれて幸せになるからね。

心の中で母に詫びるのと同時に、私はそう誓うのだった。

新婚生活は純和風の邸宅で

それから二日後の、日曜日の昼下がり。

完全オフモードで昼過ぎに目を覚まし、寝ぼけまなこで自室のある二階から降りてリビングに入ると、そこには信じられない人物がいた。

「おはよう、結奈。ちょっと寝すぎじゃないか？」

「あ、彰さんがなぜここに……！」

ソファでくつろいでいるのは、二日ぶりに会う彰さん。部屋着姿の私とは対照的に、明るいグレーのスーツをかっちり着こなしている。

で、なぜ我が家にいるの……？

リビングの入り口で棒立ちになっていると、キッチンの方から朗らかすぎる母の声が近づいてくる。

「なぜって、あなたたち夫婦でしょ？　結奈を迎えに来たに決まってるじゃないの」

言いながら、母は手にしていたお盆から、彰さん用と思われるお茶とお菓子をテーブルに置く。それを目にした私は、カッと目を見開いた。

あ、あれは……！

私はテーブルに近寄り、小さなお皿に載せられた透明なお菓子を凝視した。

この、ふるふると揺れる透明なゼリー状の膜に餡子が包まれた、涼しげな和菓子は……！

「これ、道重堂の水まんじゅうでしょ！」

「そうよ。彰さんが手土産に持ってきてくださったの」

「わ、私も食べたい！　どこ？　冷蔵庫？」

「もう、お礼も言わずに意地汚い子ねえ。出してあげるからちょっと待ってなさい」

私の食い意地にあきれ、母がキッチンの方に向き直った時。

「すみません、結奈さんにこれをあげてください。僕はもう何度も食べていますし、もともと結奈さんとご家族のために持ってきたお菓子ですので。僕は、お茶だけいただきます」

……わ、出た。彰さんの猫かぶりモード。

しかし彼の本性を知らない母は、好青年オーラを出しまくる彼にまんまと騙される。

「そんな、いいのよ、彰さん。すぐにもうひとつ出すから」

「いいえ、もともと僕は結奈さんが美味しそうに和菓子を食べている姿を見るのが好きなんです。彼女の笑顔を見ると癒されるし元気が出て、仕事をもっと頑張ろうって思えるので、彼女が食べたいものはなんでもあげたくて」

「まぁ……うちの結奈のことそんなふうに言ってくれるなんて」

母はしみじみ感動に浸り、目に涙まで浮かべている。彰さんってば、また今回もすごい演技力だこと……。

彰さんにちらりと冷めた視線を送ったら、素知らぬ顔をした彼に「どうぞ」と水まんじゅうの載ったお皿をすすめられた。

はいはい、このお芝居に付き合えってことね。その対価が水まんじゅうなら、無視はできない。

「彰さん、ありがとう。私、これ大好きなの」

彼の隣に腰かけ、水まんじゅうのお皿を手に持ってしらじらしくお礼を言った。

「喜んでくれてうれしいよ。じゃあ、それを食べたら行こう」

「行くってどこへ？」

「決まってるだろ、俺たちの家だ」

「へ……？」

私たちの、家……？

言葉の意味がわからず、お皿を持ったままフリーズする。そんな私の様子を見かねたのか、母が説明を加えた。

「まさかあなたってば、結婚したっていうのにいつまでも実家にいる気じゃないでしょうね。彰さんは、今日からあなたと一緒に暮らすために迎えに来たのよ。お父さんもさっきまでリビングにいたから挨拶は済ませたし」

「え……。えええっ⁉」

今日からって、いくらなんでも急すぎませんか――⁉

私は好物の水まんじゅうを食べるのも忘れ、驚愕して目を見開いた。しかし、彰さんと母は勝手に引っ越しの話で盛り上がり始める。

「家具がそちらにあるなら、結奈の荷物なんて服くらいのもので、引っ越しは簡単に済みそうね」

「ええ。ここからも遠くはないですし、なにか忘れ物があればまた取りに来ます」

幸い、新居はどうやら遠くはないらしい。それなら離婚して実家に戻るとなった時にも安心だ。

母は娘がそんな縁起でもないことを考えているとはつゆ知らず、彰さんに深々と頭を下げている。

「食い気ばっかりの娘だけど、どうかよろしくお願いします」

「いえ、こちらこそ。結奈さんを、必ず幸せにしてみせます」

彰さん。最後に和菓子の力でっていうのをつけ足し忘れてますよ。内心そう毒づいたけれど、ふたりの間に割って入る勇気はなく。

……とりあえず、水まんじゅう食べて落ち着こう。

母と彰さんのやり取りをぼんやり眺めながら、竹の楊枝でひと口大にした水まんじゅうをぱくりと口に含む。

「美味しっ」と小さく声を上げたら彰さんがこっちを見て微笑んだので、なんだか照れくさくなって残りの水まんじゅうは半ばやけくそでほおばった。


簡単に荷物をまとめて彰さんの車に載せ、助手席に乗り込む。すると父と母が門の外まで出て、笑顔で私たちを見送ってくれた。

すんなり見送られて楽といえば楽なのだけれど、名残惜しさのかけらもない彼らの姿には娘としてちょっと複雑なものを感じた。

昔から仲のいい両親のことだ。私がいなくなって、心おきなく家でラブラブできるとでも思っているんだろう。その夫婦愛は素晴らしいけどさ……。

ドライブ中そんなことを考え、なんとなく拗ねたような気持ちで過ごしていたら、いつの間にか目的地に到着していた。

いつものように助手席のドアを開けてくれた彰さんに頭を下げつつ車の外に出ると、目に飛び込んできたのは立派な和風の邸宅だった。塀に囲まれているせいで全体は見えないけれど、建物の屋根が遠くに見えるので、庭が広いのだろう。

ここが私たちの家……？

ぼうっと外観を眺める私のもとに、着替えなどの荷物が入ったキャリーケースを車から降ろした彰さんが来て言う。

「車、車庫にしまうからちょっと待ってろ」

「は、はい」

彰さんのリモコン操作でガレージのシャッターがゆっくり上に開いていく。

スペースは二台分あり、シャッターが上がりきるのと同時にお目見えしたのは、乗ってきた車とは違うメーカーの高級外車。

二台でいったいおいくらなんだか……。

庶民感覚でそんなことを考えていたら、車庫入れを終えた彰さんが出てきて、私に近づくなり急に顔を覗き込んできた。

ちょっと、突然美しいお顔で迫られると心臓に悪いのですが。

「な、なんでしょう?」

「いや、ずっと浮かない顔してたからどうしたかと思って。水まんじゅうの食いすぎか?」

もしかして、心配してくれた……?と思いかけて、最後の言葉に脱力した。

この人、私の機嫌の良し悪しは全部食べ物関係だと思ってるに違いない。

「違いますよ。うちの両親ってば、こんな急ピッチで大事なひとり娘を嫁に出すことになったのに全然寂しそうじゃなかったなーって思ってただけです」

ふてくされる私に、彰さんは「ああなるほど」と頷いた。

「純粋に喜んでくれてるんじゃないのか? ご両親はもともとお前の嫁ぎ先があるのか心配していただろ」

彰さんはそう励ましてくれるけど、私は大きくかぶりを振った。

「たぶん、それよりも……自分たちが仲良くするのに私が邪魔だったんです。うちの両親、未だに私の目を盗んで家の中でキスしたりするほどラブラブだから」

そんな理由で寂しさを感じる自分が幼く感じて、ごまかすように冗談っぽい口調で言った。するとなぜか、彰さんはうろたえた様子でぽつりと呟く。

「そんな夫婦が存在するのか……？」

その問いは私の耳にも聞こえていたけれど、むしろ彼が疑問に思うことの方が不思議だった。

そりゃ、うちの両親のような年齢でラブラブ夫婦っていうのは珍しいケースかもしれないけど、存在を疑うほどではないだろう。

「彰さん？」

彼の長身を覗き込むようにして名前を呼んだら、我に返ったらしい彼が「ああ」とあいまいに返事をし、さっきの呟きはなかったかのような様子で門を開け始めた。

なんだろう。彰さんがいろんな顔を使い分けるのには慣れてきたけれど、さっきのうろたえ方は意図したものではなかったような……。

私は胸に小さな引っ掛かりを覚えたけれど、目の前の門が開いて家の全貌があらわになった瞬間、そんなものは消し飛んでしまった。

「す、すごい……」

まず目に飛び込んでくるのは、広々とした和風庭園。立派な松をはじめとする手入れの行き届いた木々、大きな石灯籠、中心には錦鯉の泳ぐ池まである。

その奥に、平屋建ての豪邸がどっしり構えていた。

「京都かどこかの旅館に来たみたい……」

門をくぐり一歩その空間に入ると、別世界に飛び込んだようだった。

「だろう。この庭はこだわったんだ。家にいながらにして、四季の移ろいを感じられる」

敷石の上をゆっくり歩きながら、並んで歩く彰さんが教えてくれる。得意げなその横顔は、やっぱり悔しいほどカッコいい。

今日の彼はスーツ姿だけれど、これが和服だったらさらに風情があるんだろうな。

そんなことを思いながら、彼に問う。

「彰さんは、普段ここにおひとりで住まわれてるんですか？」

「ああ。ひとりなのに、って思うかもしれないが、俺はマンションが苦手なんだ。息苦しくてな」

「へえ。マンションが苦手……」

怖いものなしに見える彰さんでも苦手なものがあるんだ。

新しい発見にひとり頷きつつ、私は改めて敷地内をぐるっと見渡し、彼に笑いかけた。

「でも確かに、この家ならどんなマンションより素敵だと思います」

正直に思ったからそう伝えただけなのに、彰さんは一度立ち止まり、まぶしいものでも見るように目を細めて私を見つめた。

「な、なんでしょう……？」

無言で送られる熱い眼差しに、勝手に鼓動が速くなる。やがて口を開いた彰さんは、薄く笑って語り出した。

「今までに見合いした女たちはみんな、俺がマンション住まいじゃないとわかるとあからさまにがっかりしていた。大手和菓子メーカーの若社長イコール、タワマン高層階住人とでも思っていたんだろう。だから、お前みたいにこの家を気に入ってくれた女は初めてだ」

予想もしなかった言葉に、私は目をしばたかせる。

家がマンションかどうかで態度が変わるって……彰さん本人には興味がないってこと？

彼ほどのハイスペックな男性が車や家などの持ち物を見られてしまうのは仕方ない部分もあるかもしれないけれど、あまりにあからさまだと不愉快に違いない。

そこまで思って、ふと自分にも似た経験があることに気がつき、口を開く。

「……彰さんの気持ち、少しわかります。私、つい最近親や同僚にぽっちゃり限定婚活パーティというのをすすめられたんです。でも、私という人間の中身よりぽっちゃり体型の方ばかり見られるんじゃないかって思ったら、行く気なんか起きなくて」

そこまで一気に話してから彼を見ると、ぽかんと気の抜けたような顔をしている。

わ、私ってば、自分では彼と似た経験をしたように思えてつい話しちゃたけど、よく考えてみたら次元がまったく違った……！

急に恥ずかしくなって、熱くなる頬を隠すようにうつむいた。

「結奈」

その時不意に名前を呼ばれ、おずおず顔を上げたら、彰さんは穏やかに微笑んでいた。

「少なくとも俺は、お前の中身を気に入ったから結婚した。たとえ単なる契約としてでも、お前という人間に魅力を感じたんだ」

「彰さん……」

恋愛感情という意味でなくても、自分に魅力があると言ってくれる人がいることに、ほんのり胸が熱を持つ。

「さっき話した見合い相手たちはな、そもそも和菓子に興味のない奴らばかりで、食べたがるのはもっぱら洋菓子。それが好みだというならまだわかるが、ＳＮＳに載せる写真のためだとか言われるとな……いやになるだろ、実際」

そっか……。彰さんはそんな経験が多かったから、容姿も家柄も関係なく、和菓子愛だけは誇れる私を選んだんだ。それには納得だけれど、ひとつだけ物申したい。

「その女性たち、見る目なさすぎます。和菓子だってめちゃくちゃフォトジェニックじゃないですか！　こないだ倉田さんが作ってくれたのも素晴らしかったですし」

洋菓子のような派手さはないかもしれないけれど、優雅で奥ゆかしい美が和菓子にはある。芸術作品といったって過言ではないくらいだ。

私が熱弁をふるうと、彰さんはあきれたように鼻を鳴らして笑った。

「お前な……夫より和菓子をかばうか」

「そりゃ、今のところ私の愛するものランキング、一位は和菓子ですから！」

「俺は？」

「えっ、じゃあ……二位？」

急に突っ込まれたので、首を傾げながら適当に答える。すると彰さんはなぜかうれしそうに目元を緩ませて言った。

「それなら許そう、思ったより上位だ。俺はてっきり五位以内はすべて食べ物かと」

「あっ。……言われてみればそうかも」

考え込む仕草をした私を置いて、彰さんは家の方に向かってすたすた歩きながら言う。

「撤回は認めないぞ。俺は〝二位〟な」

「あ、ちょっと待ってください！」

小走りで彼の長身に追いつき、また並んで軽口をたたき合う。交際ゼロでいきなりスタートした結婚生活の初日にしては、お互い気楽な雰囲気だ。

二位という順位に深い意味はないけれど、うまくいけば本当にそうなったりして……？

そんな淡い望みを抱きつつ、彰さんとともに広い庭を横切った。


彰さんの家は、外観こそ純和風だったけれど中は和室ばかりというわけでもなく、リビングダイニングにキッチン、ベッドルームやバスルームはすべて今風で、使い勝手のよさそうな部屋だった。

インテリアの色味は落ち着いた黒やブラウンが多く、彼のセンスの良さが窺える。

寝室には同じ大きさのベッドが三十センチほどの空間をあけてふたつ並び、別々に寝るんだとわかって思わずほっとした。

たとえベッドがひとつでも、彰さんが私にその気になるなんてあり得ないのは百も承知。それでも私だっていちおう年ごろの女性なわけで、ちょっとだけ緊張していたのだ。

最後に案内された部屋だけが和室で、庭に面した窓側に広めの縁側が設けられている。それを見つけた私は思わず窓辺に駆け寄り、嬉々として彰さんの方を振り返った。

「ここで庭を見ながら水ようかんでも食べられたら贅沢ですね……！」

「さっき水まんじゅう食ったばかりだろ。まぁでも、この縁側は俺も気に入ってる。仕事で煮詰まってる時にここで庭を見ながらぼんやりするだけで、ずいぶんと心が晴れるから」

そう教えてくれる彰さんの低い声は穏やかだ。この家は、彼にとって本当に居心地のいい場所なんだろう。でも、今日からそこに私という人間が加わるってこと、忘れないでもらわないと。

彰さんの隣で、私はわざとらしい口調で言う。

「さらに水ようかんがあれば、妻の心も晴れやか。夫婦仲も良くなって最高である」

それを聞いて、彰さんがぷっと吹き出した。

「しつこいな、水ようかん。はいはい。今度用意しとくよ」

「やった！　約束ですからね！」

しばらく他愛のない会話をした後、私は荷物を寝室のクローゼットに片づけた。

その後、自分用のベッドにぼふっと仰向けに倒れ込み、ぼんやり思いを巡らせる。

今日から毎日ここで寝るなんて、私本当に結婚しちゃったんだなぁ。

旦那様である彰さんのことはほとんど知らないけれど、いちおう、キライではない。

容姿は私なんかが隣に並んだら申しわけないくらいの見目麗しさだし、勝手な言動が多いけれど、決して私をないがしろにはしない。むしろ認めてくれている発言をしてくれるのが、意外にうれしかったりする。

それからいつもいい匂いがして、唇は求肥のように柔らかいんだっけ……。

ぽわん、と数日前のキスシーンが脳裏によみがえり、私は思わずうつぶせになって布団に顔を押しつけ、恥ずかしさに悶えた。

そういえば、キスされたんだった……。あのキス、なんだったんだろう。ご褒美とか言われたけど、これから先も私がなにか褒められるようなことをしたら、ご褒美としてキスされるの？

……やばい。なんか、ドキドキが収まんない。この布団も、彰さんの香りがするし……。

ぎゅっとシーツを掴んでそわそわ落ち着かない気持ちに耐えていたその時。

「……結奈？　寝てるのか？」

ノックもなしに寝室のドアが開いて、彰さんが顔を出す。

「ひゃぁ！」

びっくりして素っ頓狂な声を出した私に、彰さんが「そんなに驚かなくても」と苦笑する。そして手にスマホを持ちながらベッドに近づいてきた。

「あのさ、今夜倉田がここに来てもいいか？　俺たちのこと祝いたいらしいんだが、結奈はここへ来て初日だし、疲れているなら断る」

「銀座本店で親方をつとめる和菓子職人の倉田さん、ですよね？」

上半身を起こし、乱れていた髪を手櫛で整えながら彰さんに尋ねる。

「ああ。あの人には子どものころから世話になってるからな。親戚の子どもが結婚したような感覚で、うれしいんだろう」

子どものころから……。彰さんと倉田さんはただの社長と職人という関係だと思っていたけれど、そんなに親しい間柄だったんだ。

過去を懐かしむように目を細める彰さんを見ていたら、断るなんてできない。倉田さんとまたお話しできるのは私もうれしいし。

「私は構いませんよ？　うちに来るということは、なにかおもてなしのお料理でも作った方がいいんでしょうか」

「できるのか？　料理」

意外そうな視線を向けてくる彰さんに、私は胸を張って答える。

「食べるだけしか能がないと思ったら大間違いですよ。美味しいものは自分でも作れた方が便利だから、料理は得意なんです」

「へえ、楽しみだなそれは。ちなみに俺も料理は好きだから、ふたりで協力して色々作れそうだな。そうと決まれば、買い物に行くか」

「はいっ」

やった。彰さんも料理が好きなら、この先すごく充実した食生活が送れそう。この調子で、結婚生活も順調に送れるよね。

私は期待に胸を膨らませ、気分よく彼と買い出しに出かけた。

彼の素顔に触れて

「倉田さん、いらっしゃい」

「こんばんは神代さ……じゃない、もう道重夫人だったな」

「夫人だなんて。結奈って呼んでください。道重の姓には自分でもまだ慣れないんです」

夕方六時ごろ、倉田さんが予定通り私たちの家を訪れた。

玄関で彼を出迎えリビングダイニングへ案内すると、料理の仕上げをしていた彰さんができあがったものをテーブルに並べているところだった。

「おう、彰。突然で悪いな。これ開けようぜ」

以前倉田さんは彰さんを「社長」と呼んでいたけれど、プライベートでは名前で呼んでいるようで、持参した日本酒の箱を親しげに見せている。

「超吟《ちょうぎん》ですか。張り込みましたね」

彰さんも店では倉田さんに敬語ではなかったはずだけれど、会社での立場が関係ない今は、ごく普通に年上の彼に敬語を使っている。

「そりゃ、大事なお祝いだからな。俺としては、あの彰が嫁さんもらう日がくるなんて、感慨深いよ。……でも、相手が彼女だと聞いて納得だ」

倉田さんはちらりと私を見て、決して上手とは言えないウインクを送ってくれる。

意外とお茶目なんだ……。私ははにかんでお辞儀をし、彼に椅子をすすめると彰さんの手伝いに回った。

倉田さんが日本酒を持ってきてくれるというのは聞いていたので、いちおうそれに合うお料理を考えたつもりだけれど、その内容は和洋折衷。

美味しければなんでもあり！という精神のもと、魚介のカルパッチョ、牛肉のたたきサラダ、長芋の梅和え、鶏レバーの甘辛煮、鮭の竜田揚げなどを彰さんと手分けして作った。

倉田さんは「すごいご馳走だ」と喜んでくれて、さっそく三人で乾杯した。

「いや～、本当にうれしいよ。うちのお得意さんで、誰よりうちの和菓子を愛してくれている結奈さんが彰の嫁になってくれて」

相当感激している様子らしい倉田さんは、ガラスのお猪口に口をつけては幸せそうな吐息を漏らし、しみじみ頷いている。

「倉田さんは、子どものころから彰さんをご存じなんですよね。彰さんって、どんな子でした？」

彼のことをまだほとんど知らない私は、興味本位で尋ねてみる。

「そうだなぁ。なんつーか……子どものくせに冷めてて生意気な奴だったなぁ」

「冷めてて生意気かぁ。今とあんまり変わらないですね」

正直な感想を言ったら、隣の彰さんが「げほっ！」とむせて私をじろりと睨んだ。

「な、なんですか。私、間違ったこと言ってます？」

「……いや別に」

「じゃあ自覚してるんじゃないですか。もっと人に優しく、素直になった方がいいですよ？」

「うるさいな」

私の小言を煩わしそうにあしらう彰さん。その様子を見ていた倉田さんが、おかしそうに笑い出す。

「いやぁ、彰がここまでやり込められるとは。愉快で酒が進むな」

「……俺は不愉快で酒が進みます」

彰さんはそう言ってぐびっとお猪口のお酒を一気飲みした。

なんとなくだけど、今日の彼はいつもと違う。自分の子ども時代を知る倉田さんがいるから、私とふたりきりの時と違って調子が狂うのかな。

その後も口数の少ない彰さんはほとんど料理には手をつけずにお酒ばかりを傾け、二時間ほど経過したころにはテーブルに突っ伏してつぶれてしまった。

「あらら……そういえば、こいつあんまり酒強くなかったんだっけ」

「えっ。そうなんですか？　大丈夫ですか？　彰さーん」

ぽんぽんと肩を叩いてみるけど、微動だにしない。眠っちゃったのだろうか。

「ベッドに移動させた方がいいでしょうか……」

「そうだな。俺がやるよ、結奈さんは座ってて」

「すみません」

お客様に夫のことを任せて申しわけないけれど、ここは男の人の腕力に頼ることにしよう。

倉田さんは彰さんに肩を貸し、まだ眠そうな彼を引きずるようにして寝室へ連れて行った。

私はその間に、用意していたデザートを冷蔵庫から出してお皿に盛りつける。そして倉田さんが戻ってくると、恐縮しながらデザートをすすめた。

「プロの方に食べてもらうのは気が引けますけど、どうぞ」

「お。大福かい？」

丸くて白い外観を眺め、倉田さんが言い当てる。

「はい。夏なので、餡子の他に巨峰を入れてみました」

「いいねえ。俺も職人だから、そういう遊び心は大好きだよ」

ニコニコしながら大福を口に入れ、ゆっくり味わう倉田さん。その後、お世辞かもしれないけれど「美味しいよ」と褒められ、ほっとしていたのだけれど。

「……これ、彰は食べたのか？」

突然神妙な顔つきになった倉田さんに聞かれて、私は苦笑しながら首を横に振った。

「彰さん、巨峰が好きじゃないからいらないんですって。一緒に買い物したんだから
その時に教えてくれればよかったのに」

巨峰を買った時はなにも言われなかったのに、帰宅してからキッチンの棚に道重堂
のこし餡があるのを見つけた私が『巨峰でフルーツ大福でも作ろうかな』と口に出し
た時だった。

突然『俺は巨峰嫌いだからいらない』なんて後出しで言い放つものだから、ちょっ
とむっとしてしまった。

その話をしたら、倉田さんがひとりごとのように呟く。

「そうか……。嫁さんの力をもってしてもダメか」

どういう意味だろう。私は首を傾げて倉田さんを見つめる。

「いや、なんでもない。結婚生活はまだ始まったばかりだからな。彰のこと、よろしく頼むよ」

気にしないでくれというふうに軽く笑った倉田さんを、それ以上追及はできなかった。

「……はい」

腑に落ちないまま話は終わってしまい、倉田さんは「明日は早番だからそろそろ失礼するよ」と言い残し、そそくさと帰ってしまった。

なんだったんだろう。もうちょっと昔の彰さんのことを聞きたかったのにな……。

そんなことを思いながら、私は音を立てないように寝室に入った。ベッドの中にいる彰さんは無防備な顔で寝息を立てていて、それすらも綺麗で見惚れてしまう。

「おやすみなさい、彰さん」

小さく声をかけ、寝室をあとにしようとドアに手をかけた。――その時。

「ごめん……」

彰さんの低い声がベッドの方からかすかに聞こえ、振り返る。

ごめん……って言った？　起きてるの？

ベッドに近寄ってみたけれど、彰さんの目は閉じたまま。そのうち苦しげに眉根を寄せて、もう一度だけ言葉を発した。

「ごめん……トム、マリア」

えーっと……誰？　寝言だから実在しない人物かもしれないけれど、トムとマリアだなんて、妙に国際的な夢を見ているみたい。

少し心配だったけれど、苦しげな表情は次第にやわらいだので、そのまま寝かせておくことにした。

寝室を出た私は、ひとつ息を吐いてから気合を入れる。さて、私は食事の後片づけをしたら、お風呂に入ってブログ書いて寝ようっと。

おそらく私たちの新婚初夜だと思われるこの夜は、そんなふうになんの色気もなく過ぎていくのだった。


月曜日になり、私は出社してすぐに上司や同僚に結婚報告をした。

あまりに突然なので驚かれはしたけれど、基本的にゆるい会社なので特に咎められることはなかった。

むしろ「どうやって道重堂の御曹司に取り入ったのか」と興味津々に聞かれ、同僚たちの鼻息の荒さに若干の恐怖を覚えた私は「この会社で培ったグルメ関連の知識がよかったみたいです」と当たり障りのない返事をしておいた。

しかし、そんな答えで納得するはずもない同僚がひとりいる。

「知り合った時と場所、親密になった理由と状況、結婚に至る流れまで、すべて白状せよ」

昼休みに訪れたイタリアンレストランで、私は花ちゃんに尋問されていた。

私が「まず食べてから……」と濁しつつ注文したナポリタンにフォークを刺すと、テーブルをバン！とたたかれて睨みつけられた。

怖いよ、花ちゃん……。

その後輩とは思えない威圧感に負け、彼女にだけは真実を告白することにした。

「……契約結婚？」

「そう。私にあんなハイスペックな男性に取り入る術があるわけないでしょ？　そもそも彼はあんまり結婚にロマンチックな理想とか抱いていないし、私のことは利用価値のある和菓子食べるマシーンとしてそばに置いておきたいだけなのよ」

私はナポリタンをひと口も食べないままそこまで話し、やっと食事にありつけるとフォークを持ち直した。

「そんな結婚、よく受け入れましたね。自分を愛してない人と一緒にいるなんて、私なら耐えられませんけど」

　未だ自分のカルボナーラに手をつけず、テーブルに頬杖を突く花ちゃんがあきれた顔をする。私はほおばったナポリタンで汚れているであろう口に紙ナプキンを当てつつ、現在の心境を彼女に聞かせた。

「愛されてはないけど、道重堂の新作が出たら優先的に試食させてもらう条件もつけてもらったし、私に心から結婚したい人が現れたら離婚する約束なの。だから、わりと気負わず彼と接してるかな」

「……ふうん。夫婦だけど同居人みたいな感じなんだ。じゃあ、キスとか夜の夫婦生活はもちろんないわけですね？」

　花ちゃんの質問に「そんなの当たり前でしょ」と返そうとして、ふと固まった。

　夜の生活はもちろんないけど、キスは……そういえば一度だけ。

　特に甘い理由はなく、彰さんにとってはご褒美だったらしい、触れるだけのキス。キスなんてご無沙汰だった私にとっては、あの求肥みたいな柔らかさやほんのり感じた彼の体温を、なかなか忘れられない。

私が紙ナプキンで口元を押さえたまま黙りこくっていると、花ちゃんが信じられないという表情になって言う。

「先輩〝ぽっちゃり限定婚活パーティ〟は体目当てだからいやだとか言ってたのに、契約結婚の相手に体を許すなんて、ダメですよ！　求められても拒まないと！」

「いやいや、別に許してないって！　キスしただけ！」

強めに反論してから、あっ……と失言に気づいたけれど後の祭。

「キスしたんですか？　あのイケメンと？」

花ちゃんが、大きな目をさらに見開いて唖然とする。

「い……一回だけだよ？　ちゅって、ただぶつかるだけみたいなやつ！」

必死に言いわけしながら、なぜか顔が熱くなる。照れているみたいでいやなのに、なかなか収まってくれない。

「結奈先輩が、乙女だ……」

花ちゃんはぼそりと呟いたかと思うと、パッと破顔した。

「いいじゃないですか！　契約結婚から始まる本気の恋！」

「は？」

なに？　本気の恋って……なぜそうなった？

「いつかふたりに本当の愛が芽生えるように、祈ってますから！」

「いや、別に私……」

「あ〜萌えるなぁ。あの色っぽいイケメンが結奈先輩を溺愛しちゃう図を思い浮かべると」

ダメだ。花ちゃん、なんかうっとりしてる……。

私はすっかり冷めてぼそぼそになっている彼女のカルボナーラをもったいないと思いつつ、残りのナポリタンをもそもそ口に運ぶ。そして思い浮かべるのは、二日酔いで痛む頭を押さえつつ出勤していった、今朝の彰さんの姿。

少し顔色が悪かったけど、大丈夫かな……。

本気の恋だなんて強い想いには至ってないけれど、一緒に暮らし始めた彼に情が湧き始めているのは事実。

胃腸が弱っているであろう彼のために、今日の夜はあっさりした夕食を作ってあげようとひとり静かに決めた。

その日、彰さんの帰宅は深夜近くになってからだった。彼の体調が心配で眠れずにいた私は、玄関まで出向いて声をかける。

「おかえりなさい。遅くまでお疲れ様でした」

優しく労ったつもりだったけれど、彰さんの反応はそっけなかった。

「起きてたのか。先に寝ててよかったのに」

無表情に言って靴を脱ぎ、すたすたと寝室に向かう。私はその背中を慌てて追いかけ、寝室のドアに手をかけた彼に言った。

「あの、お腹すいてませんか？　そうめん買って来たんです。先にお風呂がよければその間に準備しときます」

ただのそうめんじゃ寂しいかと思って、アレンジ用にシラスや梅干し、納豆などあれこれ買ってきたのだ。

「……いや、食事は済ませてきたから」

けれど、彰さんは抑揚のない声でそれだけ言って部屋に引っ込んでしまった。気合十分だった私は、しょんぼり肩を落とす。

そっか……こんなに遅くなったんだものね。なにも食べてこないってことはないか。手の込んだ料理ってわけでもないし、残念だけどまた次の機会にしよう。

とぼとぼキッチンに向かい、出しっぱなしだった調理道具を片づけた。

キッチンが綺麗になるとひとつ大きなあくびが出て、そろそろ寝なきゃと目をこすって廊下に出る。

　そして寝室の前に来ると、着替えを済ませた彰さんがちょうどドアから出てきた。その予想外な姿に、私は思わず声を漏らす。

「浴衣……？」

　彼が身につけていたのは、縦にかすかなストライプの入った黒い浴衣。軽く着付けただけらしく胸元が広く開いていて、ドキッとするのと同時に目のやり場に困った。

　ダメだ……彰さんの和服姿って、色気がありすぎる。

　私がぎこちなく視線を泳がせたのを見て、彰さんは自分の服装が原因だと気づいたようだ。

「ああ……そうか、見慣れないか。俺、基本家にいるときは浴衣なんだ」

　そう言って長い前髪をかき上げる姿も妖艶で、ますますどこを見たらいいかわからない。

　毎日この姿を見せられていれば、少しずつ耐性もつくだろうか。

「そ、そうだったんですね。これからお風呂ですか？」

「そうさせてもらおうと思ってるけど……その前にちょっとお前に話が」

「話？」

きょとんとして聞き返したら、彼は改まって咳ばらいをし、気まずそうに切り出す。

「その……さっきは悪かった。苦手なんだ、こういうの」

「さっき?」

私、なにか彼に謝られるようなことされたっけ? それに「こういうの」がなにを示すのかも、よくわからない。

彰さんは不思議そうな私をちらちらと見たかと思うと、観念したようにため息をついて言った。

「家に帰ったら誰かが待ってるとか……飯、作ってもらえるとか」

「えっ?」

どうしてだろう。ごく普通の家庭の在り方だと思うんだけど……。

「ひとり暮らしに慣れているから、同じ家に私という他人がいることに違和感があるとか?」

「いや、そういうわけじゃな――」

「あっ、私がこんな体型だから、幅取ってて邪魔みたいな?」

彼の言葉にかぶせ、泣きそうな顔で浴衣の袖にすがると、彰さんはこらえ切れなくなったように吹き出した。

な、なによ。笑うことないじゃない。

「お前ってホント……」

そんな言葉とともに、彰さんは私の背中に腕を回した。そのまま、ぎゅっと抱きしめられる。

え？　どういう意味だろう……このハグは。大きな温もりに包まれて、心臓が早鐘を打ち始める。

けれど、彼の言葉の続きはいつも通りだった。

「不思議な奴」

吐息交じりの低音で彰さんがささやく。

「なんですかそれ。褒めてるのかけなしてるのかわかりません」

不満をこぼしつつも、彼の広い胸と密着していることに胸の高鳴りがやまない。

やがて体を離した彼は、優しい微笑みで私を見下ろして言った。

「待ってるのがお前なら、悪くないかもな」

相変わらず偉そうな上から目線だけれど、腹が立つよりもなんだか胸がソワソワして落ち着かない。

くすぐったいような、甘酸っぱいような感覚がじわじわと押し寄せてきて……なんだろう、この不可解な胸の不調は……。

意味深な言葉を残してバスルームに向かう彰さんの背中を見送り、そこでハッと気がついた。

もしかして……日ごろの食べすぎがたたって胃酸が逆流してる？　そうとわかったら早く胃を休ませなきゃ！

慌てて寝室に駆け込んだ私は、早々とベッドに入って目を閉じる。

けれどなかなか寝つけず、羊の代わりに「どら焼きが一個、どら焼きが二個……」と数えているうちに、ようやく眠りに落ちた。

お風呂で鉢合わせ!?

彰さんと暮らし始めて一週間余りが経ち、彼の日常の姿がなんとなくわかってきた。

起きるべき時間より一時間前に目覚ましをセットして、その後ベッドの中で延々ぼーっとしているほど、寝起きが悪かったり。

朝食はご飯派で、お気に入りのメーカーのしそ昆布を切らしているのに気づかなかった時にはちょっとだけしょんぼりしていたり。

仕事で疲れている日は、帰宅した後、夕食や入浴より先に、和室でお香を焚いて縁側に座りしばらく無言で庭を眺めていたり。

お風呂上がりに浴衣姿で濡れた黒髪を拭く姿は、一日の中で最もセクシーだったり。

彼の新たな一面を知るたびに、胸にほんのり明かりが灯るような感覚になる。

時々訪れる胸のソワソワや、なにかがつかえるような息苦しさも、もしかして彰さんのせいなんじゃ？と、なんとなく気づき始めていた。


そんなある日のこと。

「さて、今日は取材であちこち外出したから痩せてるかな〜……っと」

会社から帰り、すぐにシャワーで汗を流した後、私は洗面所で毎日の恒例行事である体重測定にのぞんでいた。

できるだけ軽い数字が出るように、下着だけ身につけた姿で体重計にそうっと足を乗せる。

うーん、増えてはいないけど……残念ながら減ってもいない、か。ランチでオムライスLLサイズ食べたからなぁ。

いつも通りの結果にしょんぼりしつつ、着替えのTシャツに手を伸ばしたその時だった。

洗面所のドアがガチャっと外側から開き、つい今しがた帰宅したらしい、シャツにスラックス姿の彰さんと鉢合わせになった。額にいくつも汗が浮かんでいるから、彼もきっとシャワーを浴びに来たのだろう。

……って、冷静に分析してる場合じゃなくない⁉

「きゃーっ！」

お互いに一瞬沈黙したのち、私は自分が下着姿であるのを思い出して悲鳴を上げた。

顔があり得ないくらいにかぁっと熱くなり、とりあえず手に取ったTシャツで前を隠しながらしゃがみ込んだ。

それから泣きそうな顔で彰さんを見上げ、「見ちゃいましたか……？」と尋ねる。

「あー……一瞬だけ、な」

短く答えた彰さんは私から目をそらすように横を向いているうえ、気まずそうに大きな手で顔を覆っている。私がいると知らずにドアを開けたことを後悔しているようだ。

そ、そうだよね……。私のような体型じゃ、下着姿なんか見ちゃった彼の方が被害者かもしれない。悲鳴まで上げられてむしろ迷惑だったかな……。

そう考えると、なぜか泣きたいような気分になった。

「ご、ごめんなさい！　彰さんもシャワーですよね？　服着てすぐどきます」

「いや、俺こそ……。とりあえず、いったん閉める」

終始気まずそうな彰さんが、パタン、と洗面所のドアを閉めた。彼の姿がその向こうに消えると、大きなため息がこぼれる。

なんでこんなにショックなんだろう……。自信のない体を見られたことも、その後、彰さんに目をそらされたことも。

モヤモヤしながら着替えを済ませ、私はドアの外で待機していた彰さんにバスルームを譲った。

しかし彼とすれ違う時に目を合わせる勇気もなく、リビングに移動した後もなんとなく落ち込んだまま床のラグに腰を下ろした。

子どものように膝を抱え、頭をもたげてもう何度目かわからないため息を吐き出す。

もっと本気でダイエットしておくんだったな……。いや、そもそもそういう問題なのかも疑わしい。

私が太っていようが痩せていようが丸裸でいようが、彰さんがドキッとすることなんて……きっとないんだよ。

この結婚は契約で、私たちは恋愛感情がないことが大前提にある夫婦。結婚生活の雰囲気をそれとなく味わわせてもらって、時々美味しい和菓子を一緒に食べて。

私はそれだけで幸せを感じていればよかったはず。なのに、どうしてこんなに気分が塞ぐのよ。こんなの、まるで私が彰さんのこと……。

自然と頭に浮かんだその思い付きに、私はまさかと思いながらも少し動揺する。

そういえば最近、彼の一挙一動が心に明かりを灯したり、逆に悩みのタネになったりするけれど……家族としての情が湧き始めた、って理由じゃ説明がつかない感情も多々ある。

言葉で言い表せないような、甘く切ない気持ちに胸をきゅっと掴まれる感じで……。

そこまで考えたところで、リビングのドアが開いた音がした。反射的に振り返ると、今夜も浴衣姿の彰さんが色気をぷんぷん漂わせながらお風呂から上がってきたところだった。

どうしよう。さっきのことを改めて謝った方がいいのか、スルーして普通に振舞うべきなのか……。

考え込む私の背後で、彰さんがキッチンに向かう足音がする。

それから冷蔵庫の開閉音がして、なにか取り出したらしい彼がこちらに近づいてくる気配に、緊張感が高まっていたその時——突然、頬に冷たい感触が当てられた。

「ひゃっ！」

びっくりして顔を上げると、二本の缶ビールを手にした彰さんが悪戯っぽく笑っていた。

「飲むだろ？」

ただそれだけの仕草に胸がきゅんとして、冷たい缶を当てられたはずの頬ににじわじわ熱が広がる。……ダメだ、彼と普通に会話ができる気がしない。

「え、ええと……私、そんな気分じゃ」

パッと目をそらして遠慮がちに断る。けれど、彰さんはプシュッと音をさせてビールを二本とも開封すると、私の目の前のローテーブルに一本缶を置き、もう一本を自分の手に持ちソファに腰を沈めた。

「そんなこと言わずに、付き合ってくれないか？　俺が飲みたい気分なんだ」

「め、珍しいですね……。普段あまり飲まないのに」

いつも冷蔵庫に何本かビールは冷えているけれど、彰さんが実際に飲む場面はあまり見たことがない。倉田さんと食事した時も酔いつぶれてしまったし、そこまでお酒好きではないという認識なのだけど……今日は仕事でなにかあったのだろうか。

だとしたら、妻としてちゃんと話を聞いてあげたいな。とりあえず、さっきの洗面所での出来事はいったん置いておくとして。

「お仕事で大変なことでもありました？」

缶を手にして斜め後ろに座る彼を見上げると、彼はぐびっとひと口ビールを飲んでから、ふうっと息をついて言う。

「いや、仕事は順調。問題はプライベート」

その返事が予想外で、静かに缶を傾けていた私はゲホッとむせてしまう。

「プ、プライベート……？」

それは、どう考えても私との結婚生活のことですよね？

私、なにかしちゃった……？

思い当たるとすれば、やっぱりさっきの洗面所鉢合わせ事件しかないんですが。

「あの、もしかしてさっきの件で彰さんの気持ち的に婚姻の継続が困難になってしまいましたか……？」

「さっきの件って？」

彰さんは、酔いで妖艶さの増した瞳を、ちらりとこちらに向けてくる。

そ、それを私の口から言えと……!?　彼なら絶対察しがついていると思うんだけどな……。

「だから、その、私の大福ボディに幻滅して……いくら契約でも、こんな妻いらないってなったのかなって……」

私は口ごもりつつも、不安に思っていることを素直に伝えた。それから缶に口をつけ、いたたまれなさをアルコールでごまかす。

彰さんはしばらくなにも答えてくれず、私、図星ついちゃった……？とぼんやり考えていたら、突然後ろから伸びてきた彼の手が、私の缶を奪う。そして自分の缶とともにローテーブルに置いた。次の瞬間、わきの下に手が添えられ、体がふわりと宙に浮く。

「え?」

なにが起きたか飲み込めないまま、私は気がつくとソファの上に下ろされていた。

彰さんの開いた脚の間にちょこんと座らされ、背中ごと抱きしめられるような体勢だ。

ウエストにがっちり回された逞しい腕の感触や、耳元に感じる息遣い、背中にぴったり密着する体温に鼓動が急加速を始める。

「あ、あの……っ?」

「……違うよ。俺がただ油断してたって話だ。いつも和菓子の話ばかりで、女っぽさをあまり出さないお前のあんな姿……正直、やられた」

「へ? やられたって、どういう……」

目を白黒させながら背後の彼に聞き返すと、回された手にぎゅっと力がこもって、耳に触れそうなくらいの距離にある彼の唇がささやく。

「男として、そそられたって意味。……お前、今後はもっと俺を警戒した方がいいぞ。上辺だけの、契約夫婦のままでいたいなら」

意味深すぎる発言に、胸がいっそう大きく跳ねた。つまり、彰さんはさっきの件で私に幻滅したわけじゃない。逆に、女性として意識するようになったってこと？

照れくさくてたまらないけれど、さっきまで落ち込んでいた気持ちが、嘘のように晴れていった。

これはもう、認めざるを得ない。私の方こそ、彰さんを特別な異性として意識しているんだ。でも、彰さんは……？

「あの」

「ん？」

いきなりこんなこと言い出したら、引かれるだろうか。

でも、彰さんなら私の話をちゃんと聞いてくれると信じて、私は勇気を出して尋ねてみる。

「契約夫婦……より、一歩踏み出したい場合は、どうしたらいいでしょうか」

たぶん、この気持ちに色をつけるとしたら、まだ淡いピンク色。彼がこの先を望まないのなら、これ以上色を重ねない方がいいのだろう。

もし突き放されるとしても、今のうちがいい。……あわよくば、突き放されないならもっといいけれど。

そんな、自分に都合のいいことばかり考えていた時。

「……結奈、会社の夏休みはいつなんだ？」

不意に、彰さんが一見話の流れとは関係のない質問をしてきて、私は意表を突かれつつも頭の中にカレンダーを思い浮かべて答える。

「明後日から四日間です。彰さんは？」

「俺も同じだな。結奈に予定がなければ、ふたりでどこか出かけようか」

「いいんですか？」

「もちろん」

私の予定を気にして、一緒に過ごすことを提案してくれる。それが、さっきの質問に対する答えだと思っていいのかな。

契約夫婦から一歩踏み出すためのお出かけ……いわば初めてのデートだ。どうしよう、ものすごくうれしい。

内心舞い上がる自分を押し隠し、彼と一緒にしたいことを頭に思い浮かべる。

「うーん。どこに出かけても混んでますし……あっ！」

私はローテーブルに置いていたスマホを手に取って操作し、ある画面を彰さんに見せる。

「私、ここに一度行ってみたくて……」

スマホに表示されているのは、流行りの洋菓子店『vanilla《バニラ》』が手がけるスイーツバイキングの宣伝ページ。

vanillaは数年前から急成長を続けていて、関東を中心に店舗数を増やしているだけでなく、新しい試みとしてスイーツバイキングの店舗を春にオープンさせた。

オープン当初にそこを訪れた同僚が『味もサービスも最高だった』と話していたから気になっていたんだ。

「vanillaか……」

けれど、スマホの画面を見た彰さんはなぜか表情を曇らせた。

あ。もしかして、洋菓子だからかな？

「あの、私は別にSNS映えが目的じゃありませんよ？　ただ、美味しいお菓子を彰さんと一緒に食べたいだけで……」

私が言うと、スマホ画面を覗いていた彰さんの瞳が今度は私に向けられ、至近距離で目が合った瞬間、顔に熱が集中していくのがわかった。

「結奈に限ってそれはないって、俺だってわかってるよ」

彰さんはふっと笑って、私の頭に大きな手をポンと置く。きゅう、と心臓がしめつけられる感覚がした。

「ただ、この店はオープンしてからずっと、予約が数カ月待ちだと聞いた。たぶん、今からじゃ間に合わない」

「なんだ……そっか、残念」

わかりやすく意気消沈した私は、スマホをローテーブルに戻す。そんな私をフォローするように、彰さんがこんな提案をした。

「甘いものが食えて混んでない場所、俺が連れてってやろうか」

「えっ。あるんですか？　そんな穴場が」

私の問いに、彼は〝任せろ〟というふうな笑みで頷いた。胸にまたひとつ、明かりが灯るような温かさを覚えた。

「初デート、ですね」

軽く後ろを振り返り、はにかんでそう告げると彰さんは意地悪な微笑みを浮かべて言う。

「結奈の目的は、文字通り甘い時間だろうけどな」

む。彰さんってば、やっぱり私の頭の中がお菓子だらけだと思っているでしょう。

「……そうでもないですよ？」

ひとりごとのように呟いて、上目遣いで彼を見る。すると彰さんはうろたえたように視線を泳がせ、それから苦笑して言う。

「お前の無邪気さには負けるよ。こんな気持ち、いつぶりだろうな。結奈がそばにいると調子が狂うんだ。……たぶん、いい意味で」

「彰さん……」

言葉が途切れて、彼と静かに見つめ合う。普通の夫婦ならば、ここでキスを交わすに違いない。でも、私たちにはそこまではっきりした感情はお互いにまだないというのが現状で、彰さんも優しい抱擁をするだけにとどまった。

それでも、今の私たちはきっと、お互い同じぶんだけ心が近づいた状態なんじゃないかって……そう思えてならなかった。

このまま、今そばにいる彼を好きになって、自然と愛し合う関係になれたらどんなに幸せだろう。だって、彼はありのままの私を否定せず、尊重してくれる。和菓子好きの部分も、コンプレックスの体型も、恋愛に不慣れで不器用な部分も。そんな人に出会えるって、奇跡じゃない？

だから、私ももっと彼を知りたい。ありのままの彰さんの姿を見たい。そして彼を……好きになりたい。

そのためにもっとふたりで色々な時間を過ごして、ゆっくり、彰さんと一緒にピンク色を塗り重ねていこう。そうすれば、他に結婚したい相手が現れるのを待つ必要もない。

——手始めに、今日は夫婦ふたりで晩酌でもしてみようかな。

「ビール、もう少し飲みませんか？　簡単なおつまみでも作って」

「ああ、そうだな」

ふたり一緒にキッチンに立ち、他愛もない会話をしながら料理をする。

その時間を今までより愛しく感じるようになっただけでも、本物の夫婦に一歩近づいたみたいで、心が浮き立つのだった。

結婚に不向きな男——side彰

　俺が社長に就任し、それを機にひとり暮らしを始めてしばらく経ったころの話だ。父に「話がある」と呼び出され、実家のリビングに向かい合った状態で突然こう言われた。

「彰、お前、誰かいい人はいないのか？」

「えっ……？」

　普段、父とは基本的に仕事の話ばかりだったので、振られた話題が予想外すぎて俺の思考がいったんストップした。

　いい人……というのはいったいどういう類の……。

「もう三十を過ぎただろう。そろそろ結婚して身を固める時期じゃないかと思ってるんだ」

「結婚……」

　それは俺にとってまったく現実味のない単語だった。

　今まで、道重堂の御曹司としてなに不自由ない生活を送ってきた俺だが、それは生まれながらにして与えられたものではない。

俺は、児童養護施設からこの道重家へ引き取られた養子なのだ。

すでに他界している実の母はシングルマザーで、恋人と会うために幼い俺を家から追い出すような人だった。

彼女が俺の心に残した印象は強く、俺の父親にあたる人を罵る姿からは永遠の愛など信じられそうになかった。それに、彼女が新しい男にこびへつらう姿からは、恋愛にかまける大人をだらしなくみっともないと思うようになった。

今の両親の夫婦仲はいいが、あまりべたべたする姿は見た経験がなく、だから結奈の両親が未だに恋人のような仲なのだと聞いた時は信じられない思いだった。

そんな環境で育って、結婚や恋愛に夢を持てという方が無理な話だろう。

とはいえ、俺も健康な成人男性。持て余す性欲は、互いに本気にならないと約束できる、割り切った相手と関係を持つことで発散した。ただし、情が湧くのを避けるために同じ女とは二度と寝なかったが。

……とにかく、俺は今まで、そんな脆い男女関係しか築いたことがないのだ。

ここまで育ててくれた両親には感謝しているが、結婚して俺が自ら家庭を持つイメージはいっさい浮かんでこないし、このままひとりでいる方が気楽で、仕事にも集中できるだろう。そんな思いで、俺は父に正直な心境を打ち明けた。

「いや、父さん。俺は、生涯独身を貫くつもりでいるんだ」

基本的に理解ある父のことだから、きちんと話せば俺の意思を認めてくれるだろう。

そんな甘い気持ちでいた俺に、父は表情を曇らせ言いにくそうに話し出す。

「彰……悪いが、道重堂の社長になる人間として、それは無理なんだ」

「どうして……」

「まぁ、悪しき慣習と言ってしまえばそれまでなんだがな。社員たちを導く社長ともあろうものが、最も小さな集団……ようは家族を幸せにできなくてどうする、というような考えが、役員たちの間に根強く残っているんだ」

……なんてくだらない。俺は率直にそう感じた。

独身か既婚かで、社長の資質をはかろうとするなんて無理に決まっているのに。というか、父だってそんなことわかっていると思うのだが。

「父さんも、役員たちと同じ考えなのか？」

「……いや、そういうわけではない。ただ……独身のままだと、古い役員たちがお前を色眼鏡で見るんじゃないかと心配なんだ」

「色眼鏡？」

「ああ。これだから養子は困る……というような」

なるほどな……。父は、それで俺の立場が危うくなるのを危惧しているらしい。

後継者としてここまで育ててきた俺が、結婚するかしないかという一点のみで判断され、社長としての信頼を失ってしまうのだとしたら……確かにばかばかしいことこの上ない。

だから、こうして結婚をすすめてくるということか。気は乗らないが、親孝行と思うしかないようだ。

「わかったよ、前向きに考えてみる。でも、そういう相手が今現在いないっていうのも本当なんだ。だから、相手を探すところからになるけど」

「それなら任せろ。知り合いに、年ごろのお嬢さんが結構いるんだ。何人か見合いをしてみて、気に入った相手と結婚すればいい」

気に入った相手、か。どうせ本気で好きになることはないから、道重堂という会社をよく理解し、妻として相応の振る舞いをしてくれる相手なら、誰でもいいだろう。

俺はそんな軽い気持ちで、父の知り合いの娘だとかいう女性五人と見合いをした。

しかし五人とも、和菓子にはいっさい興味のない西洋かぶれで、かつタワマン至上主義という困った女たちであった。

「結婚したらまず、道重堂って名前を変えたいな。もっと横文字が入る感じの方が絶対いいと思うの」

「……例えば？」

「んー、パティスリーMICHISHIGEとか？」

「パティスリーの意味を調べてから言ってくれ」

脱力するような会話に生気を吸い取られたのが、ひとり目の女。

「同級生の女子が、とにかく自分の暮らしがどれだけセレブなのかSNSでアピールしてきてうざいんです……！」

「あんなもの、見栄を張って実際よりもよく見せているに決まってる」

「そうかもしれませんけど、私、彰さんと結婚することでその子に勝ちたいんです！いい車に乗って、港区のマンションの最上階に住んで、年に十回以上海外旅行に行って！」

「……悪いが俺と結婚したら港区でない場所の一軒家に住むことになるぞ。それに、仕事が忙しくて年に十回も海外旅行に行ってるひまなんかない」

「えっ……」

ふたり目は、絶句してそのまま見合いを辞退した。……そして三人目は。

「パパの紹介だから会いましたけど、私、本当は和菓子より洋菓子の方が好きだし、vanillaの若社長、狙ってるんですよね〜。もしかして、お知り合いだったりしません？　紹介してほしいなーなんて」

そのころ、洋菓子界に彗星のごとく現れたvanillaがどんどん知名度を上げていて、俺もその名前は知っていたが、若社長とやらのことはまったく知らなかった。

「いや、知り合いではないけど」

というか、和菓子にも俺にもいっさい興味のないきみとはもう会話をしたくないのだが。そんな投げやりな気分でいた俺の耳に、信じられない名前が飛び込む。

「そっか〜。確か、日本人なのにトムって言うんですよぉ。金髪のよく似合うイケメンで」

「トム……だと？　苗字は？」

「えっと……確か、平川《ひらかわ》、だったかな？」

平川叶夢《とむ》——。その名前は俺にとって、生涯忘れることのない特別なものだ。しかし、今まで消息すら知らなかった。まさか、洋菓子店の社長になっていたとは。

俺は懐かしい気持ちに浸りそうになるが、同時に、彼にまつわる苦い記憶までもがよみがえってしまい、胸にかすかな動揺が走った。

「……じゃ、きみがその平川氏とうまくいくよう願ってるよ」

動揺を悟られぬように心にもないことを言って見合い相手の前を去ると、三人目もダメだったなと苦笑した。

その後、四人目と五人目とも会ったが、大して変わり映えのない結果で俺はうんざりしてきた。

それは見合いをセッティングしてくれた父も同じだったようで、五人目の相手を断った後、父はしかめ面をして言った。

「彰、結婚に踏ん切りのつかない気持ちもわかるが、いい加減、腹を決めろ。次の見合いで最後だ。……いいな？」

なかば脅しのような強硬手段に出られてしまい、俺は焦り出した。

次の相手もまたろくでもない奴だったらどうすればいいんだ。それでも結婚しろということか？　父も苦しい立場だとは思うが、さすがに強引すぎるだろう……。

見合いの日までは一週間しかなく、かといってなんの解決策も浮かばぬまま苦悩の日々は過ぎていった。

そして、翌日に見合いを控えた、七月のある金曜日のこと。

俺は本店の様子をチェックしに行くついでに、兄貴分である倉田に少し愚痴でも聞いてもらおうと決めて、店を訪れた。

周囲の客に「いらっしゃいませ」と声をかけ、黄色い声と熱い視線を受け流しながら店内を進み、従業員にその日の売上げ状況などを聞いた。

その時、ひとりの従業員が思い出したように言う。

「そういえば社長。今、あの倉田さんがニコニコしながら雑誌のインタビューを受けてるんですよ」

「倉田が……？」

長い付き合いの俺とは普通に話す彼だが、基本的に彼は無口で気難しい根っからの和菓子職人。そんな倉田がニコニコしている顔なんて、俺でもほとんど見たことがない。

それも、雑誌のインタビューでというのが信じられない。

いったいどんな相手と話しているんだ……？

興味をひかれた俺は、インタビューが行われているというカフェスペースの方へと出向いて、遠くからインタビューの様子を眺めた。

インタビュアーは女性で、耳を澄ませて会話を拾うと、倉田が彼女についてべた褒めしていた。どうやら彼女は和菓子に詳しく、道重堂の菓子に対する愛情も強いらしい。

倉田にここまで言わせるとはよほどの和菓子好きと見える。

俺は感心しながら、視線を女性の方へ移した。

髪型は、ふわっとパーマがかかった、明るいブラウンのセミロングヘア。

柔らかそうな丸顔の中に、愛嬌たっぷりの大きな瞳が楽しそうに輝き、口元は常に口角が上がった状態で、とにかく愛想のいい印象を受ける。

……しかし、どこかで見たことがあるような。

記憶の糸をたどりながら観察を続けていると、女性がテーブルの上に置かれた上生菓子を食べようと菓子楊枝を手に取る。

その瞳は今まで以上にきらきらと輝き出し、やがて気持ちいいほど大きな口を開けた彼女が、菓子を実食した。

次の瞬間、彼女はたまらないといった感じに目を閉じ、恍惚とした表情で呟いた。

「んんん〜……この上品な甘さ、舌の上でさらりと溶ける餡子の余韻……ああ、消えないで」

その瞬間、俺の記憶の中に、四年前の茶会でのシーンが鮮明によみがえった。

あの時、茶の作法はともかく、そこにいる誰よりも道重堂の菓子の味を楽しんでいた女性がいた。つられて俺の口元も緩みそうになったのを、必死でこらえた記憶がある。あとで話しかけてみようかとも思ったが、茶会の主催者としての仕事に追われているうちに忘れてしまい、それきりだった。

そんな彼女とまたこうして再会したのは……ただの偶然か？

彼女こそ、俺の求めていた道重堂の嫁なのではないか？

俺はそんな思いを抱くのと同時に、なくしてしまった懐かしい気持ちが呼び覚まされるのを感じた。

きっと昔の俺は、和菓子を食べてあんなふうに笑っていたんだろう。

もう、そのころの俺は戻らないけれど……彼女がそばにいれば、なくした部分を補えるのではないだろうか。彼女とならば……望まない結婚でも、うまくやれるかもしれない。

俺はその時、結奈を〝利用価値のある女〟としか見ていなかったが、めったに出会えない逸材だとも思っていた。

なので、絶対に逃してなるものかという執念のもと、嘘を並べ立てて婚姻届にサインさせた。

夫婦になってしまえば、こっちのものだ。そんな身勝手なことを思って。

そして、完全に結奈の気持ちなど無視して籍を入れ、倉田や両親にも早々と紹介を済ませると、これで面倒な仕事が終わったと胸を撫でおろした。

俺にとって大事だったのは〝結婚した〟という事実だけで、その先のビジョンは特に持っていなかった。

けれど、無邪気で素直で、人よりちょっと食いしん坊。そのせいか若干ぽっちゃり体型で、それを気にしつつも食欲に勝てない、本能に忠実な結奈。

女性特有の計算高い部分などまったくない彼女とともに日々を過ごすうちに、俺に心境の変化が訪れたのだ。

朝、結奈に「行ってらっしゃい」と送り出されると、やる気がみなぎった。

疲れて帰ってきても、「おかえりなさい」のひと言と、ふわっとした結奈の笑顔で嘘のように疲労が癒された。

時々からかって接近したりすると、顔を真っ赤にして困り顔になる結奈が、かわいく思えてきて……。

彼女とならかけがえのない家族になれるかもしれない――。

そんな期待を抱き始めた矢先に、俺は偶然結奈の下着姿を目撃してしまった。

彼女に少しずつ惹かれていたとはいえ、肉体的にどうこうしたいという欲求などまだなかったはずなのに、俺は激しく動揺した。

色白できめ細かい肌質、女性らしい丸みを帯びた体のライン。いやでも視線がいってしまうくらいのふくよかな胸。いつも和菓子和菓子と食い気ばかりが目立つ結奈なのに、実はこんなに色気のある体をしているなんて反則だろう……。

俺は目をそらすしかなかったが、結奈にとってはそれが逆の意思表示に思えたらしく、風呂から上がると彼女は落ち込んでいた。しかも、自分の体を大福ボディと卑下する始末。

単なる契約結婚の相手なら放っておいても構わないはずなのに、俺自身が彼女に誤解されているのはどうしてもいやで、本心を伝えた。

そんな素直な行動は、まったくもって俺らしくない。結奈が隣にいると、本当に調子が狂う。

……だけど、不思議と気持ちは穏やかで、彼女と過ごすゆるやかな時間は居心地がいい。

もしかしたら、今までのひねくれている俺の方が、不自然だったのかもしれないな。

これからも、結奈と一緒にいれば、複雑に心に絡んだ余計なものがひとつひとつほどけていくのではないだろうか。

俺はそんな前向きな気持ちになり、夏休みは夫婦ふたりきりで過ごすプランを提案した。

結奈はとてもうれしそうで、そんな彼女の笑顔に俺の胸も温かくなり、鼓動が少し速くなるのを感じたのだった。

「本物の夫婦になろう」


夏休み初日。彰さんが私を連れてきたのは、東京から車でおよそ一時間の場所にある、神奈川県の葉山町《はやままち》だった。

彼はこの町に別荘を持っているそうで、今日はそこに一泊する予定だ。

途中、多少の渋滞はあったものの、現地に着くと観光客の数はそれほど多くなく、海も山もある自然たっぷりな土地でのんびりした時間を過ごせそうだ。

昼ごろに到着してカフェで軽いランチを取った後、私たちは海岸にやってきた。

すぐそばの駐車場で車を降りると、照りつける日差しに一瞬目がくらむ。けれど心地よい潮風が頬を撫でていき、都会とは違う爽やかな夏の空気を肌で感じる。

ちなみに今日は服装もリゾートファッションでまとめ、つばの広い麦わら帽子に、白を基調にしたボタニカル柄のマキシ丈ワンピースを合わせている。

自宅でいちおう彰さんの意見も聞いたところ『もっと短いスカート穿けばいいのに』と言われ、とんでもないとお断りした。

暑いから自分でも本当はそうしたいけれど、彰さんとふたりきりのデートで、細くもない脚をさらす勇気はなかった。

……こんなことを考えてしまうのも、彼を意識している証拠だろうか。

「晴れててよかったな。デート日和」

一方彼は明るいブルーのリネンシャツに白のコットンパンツを合わせた、リゾート仕様の服装もばっちり着こなしている。降り注ぐ太陽の光に目を細める、そのまぶしそうな表情もカッコいい。

隣に並ぶ人がこんなにイケメンだから、なおさら自分の見た目が気になって仕方がないんだよね……。

「行くか、もっと海の近く」

気がついたら彰さんが手のひらを差し出していて、もしかして繋ぐってことかな？とドキドキしながら彼を見上げる。

「なにぼうっとしてるんだ。砂浜、足取られるから掴めってこと」

「は、はい……っ」

言い方はぶっきらぼうだけれど、優しさの滲んだ言葉にきゅんとする。

そっと自分の手を重ねると大きな手に包み込まれるように握られて、頼もしい安心感で胸が満たされる気がした。

それから彰さんと手を繋いで、砂浜の海岸線をゆっくり散歩した。

澄んだ青色の海。きらきら光る水平線。砂浜を彩るカラフルなビーチパラソル。海水浴を楽しむ、若者グループや家族連れの姿。

夏らしさを凝縮したような景色は、見ているだけで心が弾む。

「みんな、夏を満喫してますね」

自然とそう呟いた私に、彰さんが尋ねる。

「こう見えて俺も満喫してるんだけど、お前は？」

あまり派手に感情を表現しない彰さんだけど、言葉にしてくれると一気にうれしくなる。

「私もです。今、すごく楽しい」

満面の笑みで答えると、彼はほっとしたように息をついた。

「……よかった。こんなになにもない場所に連れてきて、大丈夫かと思ってたから」

「なにもない？　こんなに綺麗な海とあんなに大きな山と、この美味しい空気があるのに？」

周囲をぐるりと見渡しつつそう言ったら、彰さんがくすりと笑って意地悪な口調になる。

「空気で腹いっぱいなら、今日はもうなにも食べなくていいな」

「だ、誰がそんなこと言いました？　私は空気が美味しいと言っただけです！　そもそも今日は、彰さんおすすめの甘いものを食べさせてくれる約束じゃないですか！」

ムキになって言い返すと、彰さんがわざとらしく感心したように言う。

「さすが。食い物のことは忘れないな」

「当たり前です！　私のアイデンティティですから！」

語気を強めながらも、私は途中から笑っていた。なにが楽しいかって、彰さんの前ではいつでも自分が自分らしくいられるのだ。

今まで、前の彼氏が別れ際に残したセリフを少なからず気にしていたから、男の人の前では和菓子マニアであることを隠したり、小食に見せたりしなきゃいけないのかなとぼんやり思っていた。

でも彰さんの前ではその必要はなく、それがすごく居心地よく感じられる。

「あのっ」

不意に彼に伝えたい思いがこみ上げ、私は歩みを止めた。手を繋いだままなので、彰さんも引っ張られるような形になり足を止める。

不思議そうにこちらを振り返った彼と目が合うと、押し寄せる恥ずかしさに負けそうになる。

でも……本物の夫婦になりたいのなら、思ったことは伝えなきゃ。

私は顔を上げ、すうっと息を吸ってから言った。

「もし、海も山もなかったとしても……彰さんがいてくれれば、私は楽しいです。こうして手を繋いで他愛ない話をするだけでも、きっと」

「結奈……」

彰さんが、感じ入ったように私の名を呟く。そのまま無言でジッと見つめられ、今度こそ照れくささに勝てなかった私は、視線を砂浜に落とした。

どうしよう。彰さん、急に変なこと言い出した私になんて返したらいいのか、困ってるのかも……。

打ち寄せる波の音だけが妙に大きく聞こえ、気まずさに耐えかねてぎゅっと目を閉じた瞬間だった。繋いでいた手をぐいっと引かれて、私は彼の広い胸に抱き留められる。

「あ、彰さん……？」

まだ明るい昼間、しかも人目のある場所での突然の抱擁に戸惑い、頭がパニックになる。

彰さん、どうして急に？

私の顔はおそらく真っ赤だろうから、それを隠せているのはいいけれど……。

そんなことを思う私の耳に、彰さんの静かな低音がささやく。

「聞こえるか？　俺の心臓の音」

「え？」

言われてみて初めて、密着している彼の胸に意識を集中させる。すると、とくん、とくんと脈打つ、確かな鼓動が聞こえる。その速度はたぶん……私と同じくらいか、それよりも。

「聞こえて、ます……結構、速い感じで」

ありのままを伝えると、彼は私を抱きしめる腕の力をさらにぎゅっと強めた。

「……こんな速いの。たぶん、お前のせいだから」

甘さをはらんだ声色で伝えられ、今度は自分の鼓動が一気に速度を増す。彼に抱きしめられながら全身で感じるドキドキは、もはやどっちの心臓の音かわからなかった。

「あの、それって……？」

彼の気持ちを、もっと詳しく知りたい。そう思って声をかけると、彰さんは言葉を選びながらゆっくり語り出す。

「前に、キスをしたことあるだろ？　あの時は軽い気持ちだったから、褒美だなんて適当なこと言ってお前の唇を奪ったけど……」

そこで言葉を切った彼が、そっと体を離す。

「今、あの時よりお前にキスしたいと思ってる。……だけど同時に、無理やりに奪いたくはないとも思う。こんな矛盾した気持ちは初めてだ」

「彰さん……」

「……だから、今はしないことにする。自分の気持ちがはっきりするまでは」

凛とした声で、彰さんが潔く告げる。いつもは掴みどころのない彰さんが、ごまかさずに自分の気持ちを伝えてくれたことがうれしかった。

その後、散歩を再開した私たちの間に特に会話はなかったけれど、漂う空気は穏やかで、気まずさはなかった。そして胸の高鳴りもようやく落ち着いたころ、今度は腹の虫が空腹を訴え始める。

「ちょっと小腹がすきましたね」

「じゃあそろそろ行くか、腹ごしらえ」

そんな会話をしながら駐車場へ戻ろうとしたら、目の前で四歳くらいの小さな女の子が泣いているのに気がつく。家族とはぐれたのだろうか。周囲をキョロキョロ見回しながら、ひっくひっくと小さな肩を震わせている。

私は思わず駆け寄って、女の子の前にしゃがみこんだ。

「どうしたの？　迷子になっちゃった？」

「うん……砂遊びしてたら、うちのパラソルどこにあるかわからなくなって」

心細そうに一生懸命に話す女の子を見ていたら、こちらまで胸が痛くなる。家族だって、きっと心配しているはずだ。

「おうちのパラソルは何色？」

「水色と白のしましま」

「じゃあ、一緒に捜そうか」

笑顔で言うと、女の子の表情がようやく安心したものになる。

「……いいの？」

「うん！」

私は女の子に頷いてから、許可を求めるように彰さんの方を振り返った。

彼もこの子のことが放っておけないらしく、優しい微笑みを浮かべながら、私と同じように女の子のもとへしゃがみ込む。

「よし、肩車してやる。パラソルの柄見るのに、高い方がいいだろ」

そうして女の子を抱え上げると、長身の彰さんの肩車に女の子はキャッキャとはしゃいだ。

子どもに優しく面倒見のいい、彰さんの意外な一面に胸が温かくなる。

私たちは契約結婚だけど、もし……もしちゃんと気持ちが通じ合って、そしていつか子どもができたら、こんな感じだろうか。……なんて、今の段階で夢見るには早すぎるかな。

私は浮かびかけた妄想を追い払い、女の子の家族を捜すことに集中するのだった。

しかし、思った以上に捜索は難航した。「水色と白のしましま」パラソルは数が多く、ひとつひとつ中を確認しなければならなかったからだ。

そして二十分ほど歩いても女の子の家族が見つからず、焦りを感じていた時だった。

「あっ！　ママだ！」

女の子が彰さんの頭上で声を上げ、声に気づいた三十代くらいの女性が泣きそうな顔で駆け寄ってくる。

彰さんがしゃがんで女の子を下ろしてやると、一目散にお母さんと思われる女性に向かって走り、ぴょんと飛びついた。

「も～！　どこに行ってたのよ！　心配してたんだからね！」

「ごめんなさい……でも、あのお姉ちゃんとお兄ちゃんが一緒に捜してくれたんだよ！」

女の子に指さされ、私たちは女性にぺこりと会釈した。

すると女性は申しわけなさそうに歩み寄ってきて、「なんとお礼を言ったらいいか……」と大袈裟に頭を下げるので、「いいんです、そんな」とこちらが恐縮してしまった。

無事に再会を果たした母娘に別れを告げ、今度こそ駐車場に向かって歩き出す途中で、彰さんがぽつりと呟く。

「よかったな……。無事にお母さん見つかって」

「そうですね。子どもって結構自分の位置を見失っちゃうから」

私はごく普通の迷子についての話だと思って、なにげなく答えたのだけれど。

「……あの母親が、ちゃんとあの子を捜していてよかった」

「え？」

母親がいなくなった我が子を捜すって……至極当たり前のことだと思うんだけど。

怪訝な言葉に思わず隣を歩く彼を見上げたけれど、彼の瞳はうつろでどこを見ているのかわからない。

その様子が、まるで彼自身が迷子になってしまったように見えて、私は慌ててしまう。

「あーきーらーさんっ」

繋いだ手をブンブン振って呼びかけたら、ハッとした彼がこちらを向く。

「……悪い。変なこと言った。そういえば、結奈は空腹で限界だったな」

何事もなかったかのように軽口をたたく彼にほっとしつつ、さっきのはなんだったのだろうとモヤモヤする思いも胸に渦巻いていた。


午後四時ごろ、彰さんおすすめのプリン専門店にやってきた。

店内にはイートインスペースもあり、そこでプリンを食べながらまったり休憩しようということになった。

さっそくショーケースを覗いた私は、そこに並ぶ様々な種類のプリンにテンションが急上昇。

「ここはまずプレーンを味わってみるべきか。いやでも、抹茶、小豆、ほうじ茶……私の愛する和風味もよりどりみどりだし……うう～迷います～」

心の声をそのまま口に出したら、彰さんが苦笑してお店の人に伝える。

「とりあえず、小豆とほうじ茶をひとつずつ、ここで食べます。あとは適当におすすめを五つくらい持ち帰り用にしてください」

五つか……そうだよね。こういう店の手作りプリンは賞味期限も短いし、それくらいで我慢しておくのがちょうどいいんだろう。

それでもなんとなく名残惜しくて、私がショーケースを眺めていると、彰さんが優しくげんこつを落とす。

「また連れてきてやるから今日はこれで我慢しろ。で、飲み物なんにするんだ？」

……また、連れてきてくれるつもりなんだ。彰さんがなにげなく放ったひと言に、私は密かにときめいた。

「あ、すみません。ええと……アイスティーで」

「じゃ、俺はアイスコーヒー」

注文を済ませた後、各々のプリンと飲み物をお盆に載せてテーブルにつく。

ほうじ茶と小豆、どちらも捨てがたい……と、二択になってもまだ迷っている私を無視するように、彰さんはほうじ茶プリンを手に取った。

……まぁいいか。決める手間が省けた。気を取り直して小豆プリンを食べることにした。

「この滑らかな口当たり、すごい……！　それに、上質なミルクと小豆の優しい甘さが最高に合います」

その美味しさを伝えながら彰さんを見ると、彼も感心したようにほうじ茶プリンを味わっている。

「なるほど。この、口の温度で溶けてしまうような滑らかさは素晴らしい。それにこの香ばしさ……ほうじ茶もいいものを使っているんだろうな」

そう言ってもうひと口、スプーンで口に運ぼうとした彰さんは、向かいから送られる私の熱い視線に気づいてクスッと笑った。

「こっちも食べたいのか？　……しょうがないな」

そのままスプーンを私の口元に持ってきた彼。

仲良しカップルがよくやる〝あーん〟の状況になってしまうのは恥ずかしいけれど、プリンのためだから仕方ない。私は素直に口を開け、ほうじ茶プリンの美味しさに浸った。

「あ～……どちらも最高です。このお店、ひいきにしちゃう」

「よかったな。そんなに喜んでもらえると、連れてきた甲斐がある」

そういう彰さんもとてもいい笑顔をしていて、やっぱり甘いものって人を幸せにするよねと再確認する。

「そうだ。彰さんにも小豆をあげますね、こっちもすごく美味しいんですから」

張り切ってプリンをすくい、彰さんの口元にスプーンを持っていったのだけど。

「いや……俺は大丈夫だ。あとは結奈が食べていいから」

「え？　でも」

やんわりと拒否されて、ちょっとだけ傷ついた。

「前にお前のお母さんに言っただろ？　あの時は演技も入ってて、しらじらしく聞こえたかもしれないけど、言った内容は嘘じゃない。俺は自分が食べるより、お前が幸せそうに食べる姿を見るのが好きなんだよ」

「そ、そうですか？　美味しいのに……」

そう言われてしまうと、スプーンを引っ込めざるを得ないけど……。

結局私は自分のプリンをひとりで食べ、持ち帰り用のプリンを手に店をあとにした。

彰さんの別荘は小高い山の上にあり、海を見下ろせる眺望抜群の建物だった。

途中で夕飯の買い物を済ませ、ちょうど日が沈む時間帯に到着したため、ふたりでベランダに出て、真っ赤な夕陽に染められて幻想的な色に輝く海を眺めた。遠くには、いくつかの船影も見える。

「素敵……」

雄大な景色に、ただ感嘆の声を漏らす私。

すると、隣にいた彰さんが、無言で私の手を握った。その手が熱くて、心臓が高鳴る。そしてぐいっと抱き寄せられ、私は彼の腕の中に閉じ込められた。

「ふたりきりでお前の顔見てると、さっき自分で決めた約束、もう破りたくなってくるな……」

感情を押し殺したような、吐息交じりの切ない声。

さっき決めた約束というのは……砂浜で『気持ちがはっきりするまでキスはしない』と彰さんが宣言したこと？

ということは、彰さんは今、私にキスしたい気分になってるの……？

顔は見えないけれど、密着したままの体勢で全身から伝わる彼の温もりに心拍数が高まっていく。でも……どんなに胸が苦しくても、彰さんから離れたいなんて全然思わない。むしろ、もっと近づきたい……彼の心に。

「私は……できてます。心の準備」

私は少しだけ顔を上げると、蚊の鳴くような声で言った。

それは、今日一日を彼と過ごして確信した正直な思いだった。彰さんがぴくりと反応し、ゆっくり体を離して私の顔を覗き込む。

きっと、私の顔は赤いだろう。空が夕陽で赤く染まるみたいに……彰さんの存在が、私の頬を赤く染めるんです。

この結婚はただの契約。最初はそんな軽い気持ちだったのにな……。

「彰さんのこと……好きに、なっちゃいました」

困ったように彼を見つめると、彰さんはふっと苦笑して言う。

「なっちゃったって……なんだよ、その不本意な感じ」

「いや、だって……彰さん、カッコいいけどひねくれてるから、まさか好きになるとは」

正直に言ってから、私はハッとして焦り始めた。

私ってば、告白した相手に失礼なこと言ってない……!?

しかし、彰さんは意に介した様子はなく、むしろ楽しそうにクスクス笑っていた。

「正直者」

「……す、すみません」

「謝らなくていいよ。だって、そういう部分もひっくるめて、俺を好きになってくれたということだろ?」

優しく尋ねられて、こくんと頷いた。彰さんは両手で私の頬を包み込み、至近距離で瞳を覗き込む。

「ありがとう。お前が気持ちを伝えてくれたおかげで、俺も決心がついた」

そのまま彰さんの顔がゆっくり近づき、彼の唇が私の唇をそっと塞いだ。

「ん、っ……」

一度目とは違ってちゃんと意味のある、優しいキス——。甘酸っぱい感情が、じわじわと胸に広がる。

柔らかな感触に頭がぼうっとなるなか、離れていった唇が、息のかかる距離で甘くささやいた。

「結奈。俺たちこれから本気で愛し合って、本物の夫婦になろう」

その言葉は特別な響きを持って、私の心に優しく沁みわたっていく。

「彰さん……。はい。改めて、よろしくお願いします」

そう返事をすると、彰さんは私の背中を引き寄せぎゅっと抱きしめた。

私たちの結婚生活が、本当の意味で始まった瞬間だった。

その後、夕食はふたりで現地の海産物を使ったシーフードカレーを作って食べ、デザートにはテイクアウトしたプリンに舌鼓を打った。

そして交代でお風呂を済ませると、寝室へ移動することに。

自宅とは違いベッドがひとつしかなく緊張したけれど、そんな私に気づいた彰さんがかけてくれた言葉に安心した。

「いきなり襲うほど節操のない男じゃない。結奈がその気になるのを待つよ」

カッコよくて色気もある彰さんが本気になれば、言葉巧みに私を誘惑して無理やりこちらのその気を引き出すこともできただろう。

それでも私の心が追い付くのをきちんと待ってくれる、その真摯な態度がうれしかった。

その言葉に甘えて、私たちは添い寝をするだけにとどまり、穏やかな夜を過ごしたのだった。

敵対する友人関係

翌朝、枕元にある彰さんの携帯電話がけたたましい音で鳴っていた。

休日なのに、目覚ましをかけていたのかな……？

人の携帯を操作するのはよくないと思いつつも、目覚ましを止めるくらいなら許されるかと、彼のスマホを手に取る。

しょぼしょぼする目をこすりながら画面を見ると、その音は目覚ましではなく【冬《ふゆ》樹《き》圭《けい》吾《ご》】という男性からの電話だった。

「彰さん、お電話みたいです……けど」

隣で眠っている彼を揺すって声をかけるけれど、ピクリとも動かない。

そういえば、彼は寝起きが悪いんだった……。

どうしようと考えあぐねている間にやがて着信音はやんだ。ほっとしていたら、一分も経たないうちに、手の中のスマホが同様の着信音を奏で始める。発信者もさっきと同じ男性だ。

重要な電話だろうか。彰さんは社長だし、会社でなにかあったとか……？　だとしたら、妻である私が用件を聞いておくくらい問題ないだろうか。

「……はい」

緊張しながら電話に出たら、相手が一瞬沈黙した。彰さんの携帯にかけたのに女性の声がして、戸惑っているのだろう。

「あの、私、道重結奈といいます。夫は今寝ていて……しばらく起きそうにないので、ご用件をうかがおうかと」

説明すると、電話の相手も得心した様子で話し出す。

《奥様でしたか。朝から申しわけありません、私、社長の秘書をつとめる冬樹と申しますが》

「あっ、夫がいつもお世話になっております……」

いかにも奥様ふうの挨拶をする自分が、ぎこちなくて照れくさい。私がそんなことを思っていると、冬樹さんがさっそく本題に入った。

《洋菓子店vanillaの社長平川氏が今朝海外から戻られ、その足でうちの本社に現れました。どうしても社長にお会いしたいと》

聞き覚えのある店名だったので、私は思わず聞き返していた。

「vanilla……って、あのスイーツバイキングの？」

《ええ、さすが奥様。社長からお聞きしている通り勉強熱心な方ですね》

「いえ、そんな……」

vanillaを知っていたのは、ただの食いしん坊のせいなのだけど。

それにしても彰さん、秘書に私の話なんかするんだ……。しかも、勉強熱心と褒めてくれていたなんて。

意外な姿に小さなときめきを感じつつ、冬樹さんの話に耳を傾ける。

《社長は夏季休暇だとお伝えしたら、平川氏もまた日を改めると仰ってはくださったのですが……。帰り際『自分が現れたことを必ず社長に伝えろ』とただならぬ迫力で言い残されたので、早急にお伝えした方がよいかとご連絡した次第です》

「ただならぬ迫力……？」

冬樹さんの言葉に不穏なものを感じて、聞き返すように呟いたその時。背後からにゅっと長い腕が伸びてきて、手の中のスマホが奪われた。

「あ」

彰さん、と呼びかける前に、寝起きで気だるそうな彼がスマホを耳に当てていた。

「冬樹。詳しく聞かせろ」

ぶっきらぼうに話す声には、不機嫌が滲んでいる。私は勝手に電話に出ていた後ろめたさもあり、彼の傍らで小さくなるしかない。

思いが通じ合ったからって、いきなり図々しい行動をしすぎたかも……。

「名刺を置いていったのか？　じゃあこちらから連絡してすぐに会う。番号を教えてくれ。……ああ、わかった。サンキュ、連絡くれて助かった」

彰さんは冬樹さんとの電話を終えると、またどこかに電話をかけ始める。話していた内容から察するに、相手はvanilla社長の平川さんという方だろうか。

「道重だ。……久しぶりだな」

すぐに電話は通じたらしく、彰さんが話し出す。相手が冬樹さんだった時とは違い、彼の声がどことなく緊張している。

「今日は時間あるのか？　ああ、構わない。じゃあ六時ごろ」

約束を取りつけ、短い通話が終わる。彰さんはほっとしたように息をつき、無造作にスマホをベッドに置きこちらを振り向いた。

私は怒られるのを覚悟し、思わずうつむきぎゅっと目を閉じた。……しかし。

「おはよう、結奈」

降ってきたのは優しい声で、そうっと顔を上げたら顎を掴まれて短いキスをされた。

途端にぽわんと顔が熱くなり、胸がドキドキと鳴る。

「あの……彰さん、すみません。勝手に電話……」

つい甘い雰囲気に浸りそうになったけれど、早く謝っておきたくて慌てて口を開く。

「いや、別に。俺に電話してくる相手なんて冬樹くらいだから、出られて困ることもないしな。それより俺の方が謝らないと。夕方までに東京に戻らなきゃいけなくなった」

すぐそばで電話の内容を聞いていたので、その理由にはだいたい想像がついた。

「平川さんに会うんですか？」

「ああ。……結奈も一緒に来ないか？」

「え、私……？」

意外な誘いに、思わず自分を指さしてぽかんとする。

だって、妻とはいえ社長同士の重要な会合に同席するなんて、場違いじゃない？

そんな私の不安を察した彼が、先方との意外な関係を教えてくれる。

「平川は古くからの友人なんだ。結奈のことを紹介したい」

「あ、お友達なんですか。それなら……」

すんなり納得しかけて、ふと冬樹さんの言葉を思い出し黙り込む。

確か、平川さんはただならぬ迫力で『自分が現れたことを必ず社長に伝えろ』と言い残したんじゃなかったっけ。

冬樹さんはそのセリフを心配して朝から電話してきたわけだけど……友達ってことは、冗談の一種だったのかな。

表情を窺うように下から彰さんの顔を覗き込むと、「ん？」と不思議そうに首を傾げる彼。特に隠しごとをしている様子もないし、冬樹さんが彼らの関係を知らなかっただけなのかもしれない。

「……いえ。彰さんの友達なら私もご挨拶したいので、お付き合いします」

私が承諾すると彰さんの表情に安堵の色が浮かぶ。友達に会うというだけなのに、ひとりではまるで心細かったみたい。

そんな顔をされると、平川さんとはやっぱりただの友人関係じゃないんじゃ、と勘ぐってしまう。けれど……まぁ、実際に会ってみればわかるよね。

胸に渦巻く色々な疑問はとりあえず置いておき、せっかくのふたりきりの休暇を夕方までは楽しもうと、心を切り替えるのだった。

彰さんの友人だという平川さんに指定された場所は、会員制のイタリアンレストランだった。席はすべて完全個室で、他のお客さんと顔を合わせることがいっさいなく、なんだか秘密めいた雰囲気。

平川さんより先に到着した私と彰さんは、高級ホテルのようなラグジュアリーなインテリアに囲まれた個室に通されて、彼を待っていた。

「す、すごいお店ですね……」

庶民丸出しで、部屋中をキョロキョロ見回す落ち着かない私とは違い、彰さんはどっしり椅子に座っている。

「そうだな。接待だとか政治家の会合、人目を忍ぶ恋人たちにはちょうどいいんだろう。会員制というシステムは、俺はあまり好きじゃないけど」

「どうしてですか？」

「道重堂は、客の社会的、経済的地位なんて関係なしに、よりよい商品やサービスを提供するというのが創業当時からの方針だ。実際そうやって、多くの人に愛されてきた。歴代の店主たちが貫いてきたその方針を、俺も守っていきたい。常にそう思っているから」

彰さんが仕事に対する思いをこんなふうに語ってくれるのは初めてで、そのきらきらした瞳にときめきを感じた。

……そうだ。私が道重堂のファンになったのも、理由は和菓子の美味しさだけじゃない。

ひとつ百円前後で買える、普段のお茶うけ用のお饅頭や羊羹《ようかん》。大切なお呼ばれに持参する、見た目も美しい上生菓子。どれをとっても上質な原材料が使われ、職人さんの技巧にも手抜きがない。

そんな、子どもから大人まで、シーンに合わせて色々な和菓子を楽しむことができるという奢らないおおらかさも、道重堂の魅力なのだ。

胸の内でそんなことを再確認していた時、不意に個室のドアが開き、私たちの待っていた人物が姿を現した。

「いや〜ごめんごめん、タクシーが渋滞に巻き込まれてさ」

軽い調子で言いながら入ってきたのは、明るい金髪が目を引く華やかな顔をした男性。服装も、フォーマルなものに着替えてきた私たちとは対照的に、ピンク色のシャツにスキニージーンズいう格好で……とにかく全体的にチャラい。

この浮かれた大学生みたいな人が、vanilla の社長で彰さんの友人である平川さんなの？

想像とのギャップで言葉を失っていると、私の姿を見た平川さんは人懐っこい笑みを浮かべて言う。

「彰、誰？　この子」

「妻の結奈だ。……お前に紹介しておきたくて連れてきた」

「妻！　……へえ。そうなんだ」

平川さんは私たち夫婦の向かい側の椅子に腰かけ、品定めするような目つきで私を眺める。その視線に居心地の悪さを感じつつ、挨拶するために口を開いた。

「初めまして、妻の結奈です」

「どーも。俺は彰のマブダチ、平川叶夢でーす」

シルバーのごつごつした指輪だらけの右手を差し出され、気後れしながら握手を交わした。

それにしても叶夢って……いつか彰さんが寝言で呟いた名前と同じだ。あの時、彰さんは彼の夢を見ていたのだろうか。

「秘書から海外帰りだと聞いたが、どこに行っていたんだ？」

「それは本当に色々。お前んとこみたいに老舗じゃないからどこにもコネがなくてね。人脈作りに奔走してたんだ。おかげで、いい出会いがいくつもあった」

はつらつと語る平川さんに、彰さんは感心しながら頷く。

「叶夢らしいな。どんな逆境でも自分の手で道を切り拓く力があって……尊敬するよ」

「なにそれ、嫌み？」

突然、目を細めて鋭い顔になる平川さん。

いったい、今の会話のどこに地雷があったのだろう。

場がぴりっとした緊張感に包まれ、私は不安げにふたりの顔を交互に見た。

「俺は別に……心からそう思ってるだけだ」

「ふ～ん。ま、いいや。俺は、そのお前が褒めてくれた道を切り拓く力とやらで、お前の店をつぶすだけだから」

平川さんが冷淡な口調でとんでもないことを宣言するので私は驚いた。

どうしてつぶすだなんて物騒なこと……ふたりは友達じゃなかったの？

流れ始める不穏な空気に、胸がどくどくいやな音を立てる。

「……やっぱり、お前の目的はそれか。新規の店舗を開店させる時、わざと道重堂のそばを選んでいるだろう。商業施設内のテナントも同じだ。いつも、vanillaは道重堂の隣か向かい側に出店する。偶然ではないと思っていた」

彰さんが、低い声を震わせて語る。けれど、怒っているふうではなく……悲しんでいるというか、残念がっている雰囲気だ。

「それがわかっているなら、心に刻んでおいてよ。あれからずいぶん時間が経ったけど、俺はまだお前を許しちゃいないって」

「叶夢……」

会話が途切れ、男性ふたりが睨み合う時間が続く。

そのうち、黒服に身を包んだ従業員がワインを運んできたけれど、彰さんはこの場にいるのが耐えられなくなったように椅子から腰を上げた。

「彰さん？」

「……帰ろう、結奈」

「え、でも……いいんですか？」

「ああ。このまま話していても、平行線だ」

彰さんは苦々しくそう言って、私の手首を掴む。

部屋を出る直前、いちおう平川さんの方を振り返って会釈したら、彼はにっこり笑って手を振り、口の動きだけで「ばいばーい」と言っていた。

タクシーで帰宅する最中、後部座席に隣り合って座る彰さんはずっと無言だった。

彼が心配で、なにか声をかけたかったけれど言葉が思いつかず、私はそっと手を伸ばしてシートの上に置かれた彼の手を握る。

それに気づいた彰さんは、内にこもった感情を吐き出すように大きく息をつき、ゆっくり頭を傾けると私の肩にこてんともたれさせた。

彰さんがこんなふうに甘えるなんて珍しい。だいぶ弱っているみたい……。

少しでも元気になってほしくて、空いている方の手で彼の頭をよしよしと撫でた。

やがて、彰さんは自嘲気味に話し出す。

「がっかりしただろう。店をつぶすと言われたのに、大した反論もできなかった俺に」

彰さん、どうしてそんなに卑屈になっているの……？

私はすぐに首を横に振って否定した。

「がっかりなんて、していません。平川さんが一方的に敵意を向けているだけに感じましたし……なにか事情があるんだろうって思いましたから」

彰さんはゆっくり体を起こし、私の手をしっかり握り直すとこう言った。

「事情……そうだな。結奈には話すべきだとも思うが……もう少し、待ってほしいんだ。信用してないわけじゃないってことはわかってほしい。俺の心の問題なんだ」

「彰さん……」

すぐに事情は話せないとしても、正直に自分の心境を話してくれた。それだけで、今はじゅうぶん。彼ならいつかちゃんと伝えてくれるはずだって、私も信じているから。

「わかりました。待ちます、私」

私は彼の目を見て、こくんと頷く。彰さんはようやく安らいだ笑顔を浮かべ、「ありがとう」と口にした。

夫婦の距離は近づいて

　夏休み三日目の朝。

　私はどうも頭が痛くて、いつも彰さんより先に起きられるはずなのに、彼が起きた後もなかなかベッドから出られなかった。

　疲れがたまっているんだろうかと思いつつ、浅い眠りを繰り返す。

　その間に彰さんが朝食を準備してくれたようで、寝室に戻ってきた彼に声をかけられた。

「結奈。朝飯できたけど、まだ寝るか？」

「……あ、ありがとうございます。今起きます……」

　のっそりと上半身を起こし、まだズキズキ痛む頭に手を当てた。その動作で彰さんも私の体調が悪いのに気づいたらしく、ベッドに近寄ってきて身をかがめ、手のひらを私の額に当てた。

「ちょっと熱いな……。体温計、持ってくる」

「すみません……」

実家にいたころは、こういう時に頼る相手は母だったけれど、この家では彰さんが唯一の家族。普段仕事で忙しい彼の貴重な夏休みが私の看病なんかでつぶれてしまうのは、なんだか申しわけない。

「なんで謝るんだよ。夫婦なんだから遠慮せず甘えればいい」

彰さんはさりげなく言って、ベッドから立ち上がる。

優しいなぁ……彰さん。体調が悪いせいもあり、頼れる夫の存在が心に沁みる。

「ありがとうございます……」

「お礼もいいって。当たり前のことなんだから。他になにか欲しいものあるか？」

「じゃあ、お水を……」

「了解。つらかったら横になってろよ」

彼が寝室を出ていくと、私は言われた通りに横になり、布団をかぶった。

体調不良はいやだけど、彰さんに優しくしてもらえるのは悪くないかも……。

熱でぼうっとしながらも、私はそんな小さな幸せをかみしめる。

やがて体温計とミネラルウォーターを手にした彼が部屋に戻ってきて、私はひと口水を飲んでから熱を測った。

「三十七度八分……です」

「やっぱり高いな。今日は一日ゆっくりしてろ」

ベッドのふちに腰かけ、私の手から体温計を受け取った彼が、穏やかに微笑んで言う。

そうだよね……今日ばかりは、お言葉に甘えてそうさせてもらおう。でも、彼はどうするのかな。もしも私に付き合って家にいるつもりなら、気にしなくていいって言わなきゃ。

私は座っている彰さんを見上げ、熱のせいで弱々しくなっている声を必死で張り上げた。

「あの、彰さんは自由にお休みを過ごしてくださいね。私、昔から健康には自信があるので、寝てれば治りますから。……っていうか、風邪うつると大変ですし、できればお出かけしていた方がいいと――」

最後まで言い終わる前に、柔らかな熱が唇に触れた。けれど熱で思考がうまく回らず、しばらく呆然としてしまう。

それでもようやくキスされている、と気づいて、激しく心臓が鳴り始める。

彼の唇はやっぱり求肥のように柔らかくて、少しひんやりと感じられる温度が、熱で火照った私の唇には心地いい……じゃなくて！

「あ、彰さん？　うつったら大変って、今言ったばかり……！」

唇が離された瞬間、困り顔で訴えると、未だ至近距離にいる彼は優しい眼差しで私を見つめこう言った。

「今日は一日結奈のそばにいる。それが俺の自由で選んだ休日の過ごし方なら、文句ないだろ？　こう見えて結構心配してるんだ。早く、いつもの結奈の笑顔が見たい」

「彰さん……」

きっと、私がなにを言おうと彰さんはそうするつもりだったんだ。

揺るぎない愛情を感じる彼の行動に、胸がぎゅっと鷲掴みにされた。

大好きです、彰さん。そう、心の中で呟かずにはいられない。

「そういえば、食欲は？　熱がある時は、さすがの結奈でもないか」

ふと彰さんに聞かれて、私はうーんと唸る。

確かにいつもほどの食欲はないけれど、なにも食べないのは損した気分になる。

胃腸のダメージはさほど感じないし、たぶん大好きな和菓子なら食べられるんじゃないかな……。

「あのっ。……道重堂のすあまだったら……！」

本当に〝それなら食べられそう〟と思ったから口にしたのだけど、彰さんは意表を突かれたように固まった。その直後、おかしそうに吹き出して、肩を震わせながら返事をする。

「わかった。買ってくる。結奈がやっぱり結奈で、ちょっと安心したよ」

「……すみません。熱があるのに食い意地が張ってて」

「いや、食べられるのはいいことだ。しかも、道重堂の商品で元気になってくれるなら、なおうれしいしな」

彰さんはそう言って、出かける準備をするとすあまを買いに家を出た。

話し疲れた私は、ひと眠りすることにして目を閉じる。起きたころよりは頭痛も薄れていて、すぐに深い眠りに落ちていった。


午後になってから目を覚ますと、ぐっすり眠れたおかげか熱はすっかり下がったようで頭も体も軽くなっていた。どうやら大した風邪ではなかったみたいだ。

軽い足取りでリビングに向かったけれどそこに彰さんの姿はなく、家じゅうをウロウロ探し回ったら、和室の縁側に座って庭を眺める彼を見つけた。

「彰さん」

声をかけると、振り向いた彼が驚いて目を見張る。

「結奈。起きて平気なのか？」

「はい。大したことなかったみたいで、だいぶよくなりました」

にっこり微笑んで、彼の隣に腰を下ろす。けれど彰さんは疑り深いらしく、再び私の額に手のひらを当て熱がないか確認する。

「よかった。ちゃんと下がってるみたいだな」

「はい。ご心配おかけしました」

ぺこりと頭を下げると、彰さんは安心したように柔らかく微笑んだ。

「ところで、ここにいるということは……彰さん、もしかしてお疲れですか？」

彰さんが縁側にいるのは、仕事上の悩みがある時や、疲れがたまっている時。

妻としてそれくらいのことはわかるようになってきたので、私も彼の体調が心配になる。

「いや、疲れてはいない。ただ……悩んでいたんだ。もしも結奈が風邪をこじらせて、変な病気にでもなったりしたらどうしようかって」

「えっ？　なんですかそれ。変な病気って……」

怪訝な顔で尋ねると、彼は暗い顔でぼそりと言う。

「……命にかかわる病とか」

い、命って……。彰さん、ちょっと心配症すぎませんか？

「縁起でもないこと言わないでください！　ほら、私ならぴんぴんしてますって！」

ガッツポーズを作って言い聞かせるけれど、彰さんは浮かない表情のまま、宙を見て話す。

「家族って、当たり前にそこにいるようで、一瞬でいなくなったりするだろ。だから少し怖くなったんだ。もし結奈がいなくなったらって考えると……俺はどうなってしまうんだろうって」

彼の言っていることはわからなくもないけど……どうして急にそんな悲しい未来を思い描いてしまったんだろう。

彰さん、もしかして家族をなくした経験があるのかな。でも、彼の家族構成はご両親と彼だけで、兄弟はいなかったはず。ご両親はもちろん健在だし……。

私はどんな言葉を返したらいいのかわからないまま、彰さんの横顔を見つめていた。庭の緑を映す瞳はどこかうつろで、もの悲しい雰囲気を漂わせている。

けれど、彼がそれ以上話の続きを語ることはなく、やがて腰を上げると空気を変えるように言った。

「……そういえば、リクエストの品ちゃんと買ってきたぞ。結奈のことだから一個じゃ物足りないかと思って、すあまの他にも色々」

「えっ！　なんだろう、楽しみです」

いつもの彰さんに戻ってくれたことにほっとしつつ、彼の後に続いてリビングダイニングに向かう。それでも、さっきの彼の様子は気がかりだった。

ねえ彰さん、そんな簡単に私はいなくなったりしませんよ……？

表面的にはいつも通りに振舞いながら、私は何度も胸の内で彼に語りかけていた。


翌日。私の体調はすっかり元通りになったけれど、夏休みは早くも最終日。

明日からの日常を思うとなんとなく憂鬱だけれど、今日は夫婦水入らずで買い物デートをすることになった。

行き先は、彰さん行きつけの着物店。

彼が一週間後に行われる花火大会に誘ってくれたので、その時に着る浴衣を選ぶためだ。

「すごく肌触りがいいです……浴衣って結構汗をかいちゃうイメージですけど、生地に自然な凹凸があるからか肌にくっつかないし涼しい」

有松《ありまつ》絞りという伝統技法で染色された薄紫色の浴衣を試着させてもらい、その着心地のよさに感心する。

彰さんは自前の浴衣姿で腕組みをし、姿見に映る私を難しい顔で眺めながら呟く。

「……悪くない。しかし」

納得いかない様子で近寄ってきたかと思えば、下ろしっぱなしにしていた私の髪をまとめ、軽くねじって引き上げ後頭部にくっつける。

「簡単に髪を留められるものはないか？」

彰さんが店の人に尋ねると、「こんなものしかありませんが」とシンプルなヘアクリップを手渡される。鏡越しの彼は真剣な様子で私の髪をいじっていて、なんだか照れくさい。

「……よし、できた。即席だけど、やっぱり浴衣の時はこうでないとな」

自信満々に鏡を覗いた彼が、大きな手で露わになった首筋を撫でる。普段は隠れている場所に触れられたくすぐったさで、びくっと肩が跳ねた。

彰さん、もしかしてうなじが見たかったとか……？

前は丸顔がコンプレックスで髪を下ろすスタイルばかりだったけれど、彰さんの前でなら今はそこまで抵抗がない。一緒に生活する中で、彼がいつもありのままの私を受け入れてくれるおかげだ。

花火大会当日は、ヘアスタイルも気合を入れて頑張ってみようかな。

私はひっそりと決意し、胸を高鳴らせた。

すぐに着られる仕立て上がりの浴衣を選んだので、購入した浴衣をそのまま身につけ店の外に出る。

着物店の面した通りは下町風情が残っていて、ノスタルジックな気分が沸き上がった。私たちは手を繋ぎ、からころと下駄を鳴らしながら歩き始める。

「楽しいですね、浴衣デート」

「そうだな。……俺は、最近の結奈が、食べている時以外にもそうやって幸せそうに笑いかけてくれるのがうれしいよ。そろそろ二位から脱却できたか？ってな」

ちらりと流し目を向けられ、慌ててしまう。

「そ……そういえば、そんな話しましたっけ。今考えるとすっごい失礼でしたね」

まだ恋愛感情がなかったとはいえ、旦那様と和菓子を天秤にかけてランクづけするだなんて。それに、自分でも思った以上に早く一位と二位は逆転している。

「別に、その時は素直にそう思ったから言ったんだろ？　俺は、そんなふうにいつでも正直なお前だから惹かれたんだ。うれしい時には笑って、不安な時には表情が曇る。泣き顔はまだ見たことないが、できれば泣かせたくはないな」

「彰さん……」

じんわり温かい感情が胸に広がり、思わず彼をジッと見つめると、その口元がふっと緩んでこう言った。

「俺の言葉ひとつでそんな顔をしてくれる結奈が、愛しくてたまらないよ」

ストレートな愛情表現に、火がついたように顔が熱くなる。絶対に赤くなっているのでパッと下を向くと、隣からはクスクス楽しそうな笑い声が聞こえた。

「照れてるのも、わかりやすいな」

「か、からかわないでくださいっ……」

こんな会話は恥ずかしいけれど、もちろんいやなわけではない。

彰さんが、好き。その気持ちが際限なくあふれて、胸がパンクしそうだ。

「あ、あそこ！　店先にお饅頭が並んでます！　なにか買っていきましょう」

照れくささから逃れるように、私は彰さんの手を引いて目に入った小さな和菓子店へと向かう。

「今日こそ水ようかんにしません？　縁側で食べるって夢、まだ叶えてませんよね！」

「あー……俺は、わらび餅の気分だな。今日は」

彰さんが少し申しわけなさそうに言う。

けれど、言われてみれば陳列されたわらび餅は確かに柔らかそうで、きなこがたっぷりかかった見た目も贅沢で美味しそうだ。

「じゃあ、今日はわらび餅にしましょっか。すみませーん、これください」

すぐに店の人に注文し始めた私に、彰さんが遠慮がちに声をかける。

「いいのか？　お前は水ようかんじゃなくて」

「はい。せっかくなら彰さんと同じものを食べて、美味しさを共有したいから」

私はそう言って、彰さんににっこり笑いかけたのだけど。

「ごめんな」

彼の表情は暗く、心の底から懺悔するように謝った。

……たかがわらび餅か水ようかんかで、そんな顔をしなくても。

「そんな、ごめんなんて……私、わらび餅も大好きですよ？」

「ああ。わかってる。でも、ごめん」

彼は店の人にお金を払いながら、再度私に詫びる。

いくら私の食い意地が張ってるからって、二回も謝るなんて……。なにか、理由があるのかな。全然、想像がつかないけれど。

「気にしてないですって。ほら、わらび餅が硬くなる前に帰りましょう？　ね？」

「……そうだな」

ようやく笑顔の戻った彰さんと、また並んで歩き出す。

私は、食べるのが水ようかんだろうとわらび餅だろうと、あなたが隣にいれば幸せです。

声に出す勇気はなかったけれど、心の中でそう告白していた。


夏休みが明け、あっという間に慌ただしい日常が戻ってきた。

彰さんも私も仕事が忙しく、本当は家でゆっくり話したいのに、思うように時間が取れずにすれ違ってばかり。

けれど、次の土曜日には、一緒に花火大会に行く約束をしている。その約束があるだけで、忙しい毎日をこなすモチベーションになっていた。

「なんか最近キラッキラしてますねえ、結奈先輩」

とある日。取材先から帰り、すぐさまパソコンで記事の作成を始めた私に、後ろを通りかかった花ちゃんがそう声をかけてきた。

「そうかな？　自分ではいつも通りだと思うけど」

「肌ツヤもいいし、仕事も絶好調じゃないですか。なんか新しい企画任されてましたよね？」

花ちゃんに言われて、デスクの上の企画書を手に取りぱらぱらとめくった。

「そうそう。前に私が道重堂の親方にインタビューした時の記事が評判いいらしくて、冬ぐらいから美味しさのプロに聞くっていう、インタビューがメインのコーナーを始めるんだって。星付きレストランのシェフとか食品会社の開発担当者とか、とにかく食のプロにインタビューして、興味深い話を聞き出せって言われてる。企画が始まるのはまだ先だから、誰に話を聞くかピックアップする作業すらまだなんだけどさ」

人手不足でブラック気味の会社だから、その前にやっておくべき仕事がまだ山積み。まぁ、新企画の担当者に抜擢してもらえたのはうれしいし、やるからにはおもしろいものにしたいと、野望だけは大きく抱いているけど。

「……ちなみに、旦那様とはなにか進展ありました？」

耳元でぼそっと聞かれると、思わず彰さんの顔を思い浮かべてしまい、恋愛モードになりかける。

進展……精神的な部分では、かなりあったよね。花ちゃんになら話してもいいけれど、あいにく今は仕事中だ。

「こ、今度ちゃんと話すよ」

「うわー、ということはあったんだ！　前はキスだけとか言ってたから、ついにその先の扉を開けたんですね！　あのイケメン旦那様がどんなふうに結奈先輩を愛でるのか、詳しくお願いしますね！」

「いや、花ちゃん、それは誤解……」

訂正する間もなく、花ちゃんは軽やかに自分のデスクへ戻ってしまった。

……ま、いいか。とにかく今は目の前の仕事をしなきゃ。

そうしてパソコンに向き直り、集中すること数時間。記事の下書きが完成し、ふうっと息をついて、デスクワークで凝り固まった自分の肩を揉む。

ちらりと壁の時計を見たら、終業時刻を五分過ぎたところ。仕事のキリもいいし、今日はこの辺で帰ろう。

そう決めて、デスクの上を片づけ始めた時だった。後ろから誰かの腕がにゅっと伸びてきて、先ほど花ちゃんに見せた企画書を取る。とっさに上司だと思った私は、まだその仕事には手をつけていないと説明するべく、振り返ったのだけど。

「へえ～。面白そうな企画だね。俺もインタビューされてみたいな」

なれなれしい口調で話すその人物は上司などではなく、なぜこんな場所にいるのか謎でしかない。

「ひ、平川さん……？」

私の目の前にいるのは、vanilla の社長で金髪がトレードマークの平川さんだった。

彼はふんふん鼻歌を歌いながら、勝手に企画書をめくっている。

「なんであなたがこんな場所に……」

「そんなの、きみに会いに来たに決まってるじゃない」

「はい……？」

まったくもって理解不能だし、私はどちらかというと会いたくなかった。

だって、平川さんは彰さんのことをなぜか敵対視していて、前回会った時ひどい言葉を浴びせてきたんだもの。

あまり好意的じゃない私の視線に気づいても、平川さんはどこ吹く風。

「ねえ、今度俺とふたりで食事でもどう？」

「……お断りします。なんで私とあなたが」

「えー、つまんない。いいでしょ？　彰には内緒にしといてあげるから」

甘ったるい喋り方でしつこく誘われて、困ってしまう。

どうしたらこの人は引き下がってくれるんだろう……。

頭の中でぐるぐるとうまい断り文句を考えていたその時。

「道重！　ちょっと！」

会議から帰ってきた直属の女性上司に呼ばれ、私は平川さんの横をすり抜け彼女のもとへと急いだ。

よかった。天の助け……！

平川さんのもとを離れられたことに安堵し、上司の言葉を待つ。彼女は声を潜めながらも興奮した様子で、ちらちらと平川さんを見ながら言った。

「あれ、vanilla の平川社長じゃない！　どうしてここにいるのかわからないけど、あなた親しいなら今度の企画に協力してもらいなさいよ」

「え？　いや、それはちょっと……」

まずい。まさかの展開だ……。確かに、平川社長は今度の企画にうってつけの人物ではあるけれど、彼に協力を仰ぐのは気が進まない。

「今、vanilla は間違いなく注目度ナンバーワンの洋菓子店よ？　その社長である彼なら企画の目玉になるし、売り上げ部数もうなぎ上りに違いないわ！」

そう断言するのと同時に、上司は私の背中をバシッとたたいた。

「いい？　絶対に逃しちゃダメよ！」

「は、はい……」

私は力なく返事をし、とぼとぼ自分のデスクに戻る。そして、私がいない間に勝手に椅子に座り、くるくる回る自由な平川さんに告げる。

「あの……個人的には非常に不愉快で不本意なのですが」

そんな前置きをし、ため息を挟んで本題に入る。

「さっきご覧いただいていた企画に協力していただけないでしょうか？　vanillaという新しい会社がここまで広く認知されるようになったのには、平川社長の経営手腕があってこそだと思いますので、その……色々お話をうかがえたら助かるのですが」

仕事とはいえ、言いたくないセリフばかりでつい棒読み口調になる。しかし平川さんはまったく意に介した様子もなく、満面の笑みを浮かべた。

「もちろん！　俺にできることなら協力させてもらうよ。ただし……」

そこで言葉を切った彼が、上目遣いで私を見る。どうしよう。いやな予感しかしない。

「さっきも言ったけど、食事。付き合ってくれるならね？」

平川さんはそう言って小悪魔的な笑みを浮かべた。

やっぱりそういうことか……。まったく乗り気ではないけれど、仕事が絡んでしまっては断るものも断れない。

「……わかりました」

私は渋々承諾し、花火大会の前日、金曜の夜に平川さんと食事をする約束をした。


今夜も彰さんの帰宅は遅いらしい。

【遅くなるから先に寝ていて】とスマホにメッセージがあり、私はひとり寂しく夕食と入浴を済ませ、早々とベッドに入った。

しかし体は疲れているはずなのに、どうにも目が冴えて眠れなかった。たぶん、平川さんのことが心に引っかかっているせいだ。

彰さんを敵視している平川さんだから、妻である私のことも気に食わないはずなのに、どうして一緒に食事なんて。私を使って、彰さんの弱みを聞き出そうとしているとか？

なんにせよ、警戒するに越したことはない。彼の華やかな見た目の裏には、なんとなくドロドロした黒い感情が流れている気がするから……。

そう思いながら何度目かの寝返りを打った時、玄関の方で物音がした。

彰さんが帰って来たんだ。寝室の前を通りリビングダイニングへ向かう彼の足音を聞いていると、顔が見たいという気持ちが募って、私はベッドを抜け出した。

静かにリビングのドアを開け部屋を覗くと、スーツのジャケットを脱いだ状態でソファに座る彼の広い背中が見える。

まだこちらには気づいておらず、驚かしちゃおうかなーなんて悪戯心が湧く。

私は忍び足で彰さんの後ろ姿に近づき、すぐそばまで来た瞬間、後ろからがばっと抱きついた。

「うわっ！　……結奈。起きていたのか」

びくっと肩を震わせ予想以上のリアクションで驚いた彰さんに、私はふふっと笑みをこぼした。

「お帰りなさい。なかなか眠れずにいたら彰さんが帰ってきた音がしたから、会いたくなって」

彼の首に腕を絡めながら、素直な気持ちを告げる。すると、彼はこちらを振り向きながら大きな手で私の頭を引き寄せ、ちゅっと唇を重ねてきた。その後、彼の妖艶な低い声がささやく。

「……ただいま。俺も、結奈の顔が見たかったよ」

「彰さん……」

甘く切ない気持ちがこみ上げて、彼にしがみつく力を強くする。

幸せすぎて怖いって、こういうことかな……。こんなにそばにいて心も通じ合っているのに、好きになればなるほど、彼を失ったら自分がどうなってしまうんだろうって、不安になる。

この前、私が熱を出しただけで『結奈がいなくなったらどうしよう』と悩んでいた彰さんを心配性だと思ったけれど、今はその気持ちがよくわかる。

その時ふと、テーブルの上に置かれたひとつの和菓子に気がつく。個包装の箱のふたが開いて、かわいいパンダの練りきりが顔を出していた。

「かわいい〜！　どこで買って来たんですか？」

「いや、これは……倉田の創作だ。結奈をモデルにしたらしい」

「うそ！　光栄すぎるんですけど……！」

私は彰さんの首から腕をほどき、瞳を輝かせてテーブルにかじりつく。丸々したフォルムのパンダは頬がちょこんとピンク色で、愛らしいことこの上ない。

これが私か……。ブタでなくパンダってところに、倉田さんの紳士的な気遣いが感じられてまたうれしいわ。

「食べたかったら、食べていいぞ」

彰さんがすすめてくれるけど、さすがに躊躇してしまう。

「かわいくてもったいないな……。っていうか、彰さんが食べようとしていたんじゃないんですか？」

私が見つけた時にはすでにふたが開いていた。それって、彰さんが食べるためかなって思っていたんだけど。

「そのつもりだったけど、結奈に食べてもらった方がこいつもうれしいんじゃないかと思って。ま、共食いになるけど」

冗談めかした口調で言って、彰さんはソファから立ち上がる。

「俺、風呂に入ってくるから。結奈はそれ食べて、早く休めよ」

「えっ。彰さんもせめてひと口」

「大丈夫だ。俺は結奈の作ってくれた飯があるから」

彰さんは、ダイニングテーブルの上にあるラップのかかった夕食をちらりと一瞥し、リビングから出て行ってしまう。

私はどこか寂しいものを感じて、パンダと顔を見合わせながら胸の内で呟く。

最近、なんとなく感じるんだけど……彰さんと一緒に和菓子や甘いものを食べようとすると、いつも彼がぎこちない態度を取る瞬間がある。

葉山のプリン店でもそうだった。それに、水ようかんかわらび餅かで彰さんが必要以上に謝ってきた、浴衣デートのあの時も。

だからどうというわけじゃないんだけど……少しだけ気になるな。ぐるぐる考えつつ、せっかくなのでパンダをいただくことにする。

お行儀が悪いけれど素手でパンダを掴んで、口に入れる直前に「ごめんね」と言ってから半分だけかじってみる。

歯触りはもっちり、けれど口どけはよく、包まれていた餡子のまったりした甘さが口中に広がる。

この絶妙な美味しさ……さすがは道重堂の親方だ。

倉田さんの腕に感心するとともに、道重堂という店の素晴らしさを再確認する。

「絶対、つぶさせたりしないんだから……」

思わず口から漏れたのは、平川さんに向けての宣戦布告。余計な心配をかけたくないから彰さんには相談しなかったけれど、今度の食事でまた失礼な発言をされたら、彼に代わって私が毅然とした態度を取ろう。

道重堂も彰さんも、あなたなんかに負けたりしない——って。

花火前夜のすれ違い

平川さんとの約束の金曜日。彼が食事をするのに選んだ店は早い・安い・うまいが売りの中華料理店だった。

意外なチョイスだとは思ったけれど、前回彼に会った時と同じような敷居の高いお店だったらいやだなと思っていたので、そうでなくて心底ほっとした。

こちらの気も楽だし、さらに彼が奢ってくれるというので、私は遠慮なくバンバン料理を注文した。もともと乗り気でなかった食事会なので、せめてお腹いっぱい食べてやろうという魂胆だ。

「ホントによく食べるな。見てて気持ちがいい」

テーブルを挟んで向かい合う平川さんが、感心する。彼自身は食が細いらしく、一人前のエビチリ定食を完食した後は私の食べっぷりを眺めてばかりだ。

「それはどうも。餃子追加していいですか?」

「どうぞどうぞ。好きなだけ食べて?」

「すいませーん」と店員を呼び追加注文を済ませると、平川さんがこちらを無言でジッと見ているのに気づき、私は眉間にしわを寄せて尋ねる。

「なんですか？　じろじろ見たりして」

「ん？　きみのことどうやったら落とせるのかな〜って考えてるところ」

は？　私を落とす？　……突然なにを言い出すのこの人は。

「冗談なら笑えるのにしてください」

「いやいや、冗談じゃないよ。初めて見た時からかわいいと思ってたんだ。だからきみの勤務先まで調べて、会いに行ったんじゃない」

胡散くさい口説き文句を並べられて、ますます私の顔が険しくなる。

私、この人に名刺を渡したりしなかったはずだけど、いったいどうやって勤務先を調べたんだろう。探偵か興信所？

どちらにしろ、自分の個人情報を覗き見られるのは気味が悪い。

「……なにが目的ですか？」

警戒心を張り巡らせながら聞くと、平川さんは残念そうに苦笑した。

「全然信用してくれないんだね。本当にひと目惚れなんだけどな。……まぁ、しいて他の目的を挙げるなら……」

平川さんは一瞬考えるそぶりを見せ、それから突然鋭く細めた瞳で私を射抜く。

「彰ばかりが幸せになるのを、阻止したいから」

抑揚のない声で、突如彰さんへの悪意をむき出しにした平川さんに、どくんと心臓が重い音を立てた。

「どうしてそんなに彰さんを目の敵にするんですか？」

ふたりの間にいったいなにがあったというの？

「……あいつは、裏切り者なんだ」

「裏切り者……？」

「彰本人に聞いてみればいい。あいつ自身、自分が裏切り者だというのはよくわかっているはずだ」

平川さんはそう言って、嘲《あざけ》るように鼻を鳴らして笑う。私はなにもできないもどかしさに、膝の上でぎゅっとこぶしを握った。

私だって彰さん本人に聞けるものなら聞きたいけれど、今日私が平川さんと会っていることを、彰さんは知らない。なんとなく言い出せなくて『同僚と食事してくる』と嘘をついてしまったのだ。

そうでなくても、以前彼に平川さんとの間にある事情については、話せるようになるまでもう少し待ってほしいと言われている。

その時『待ちます』と言ってしまった手前、こちらから無理に聞き出そうとはしたくない。

……本当は、とても気になるけれど。

だとしたら、今私にできるのは彰さんを信じることだけだ。そう気づいた私は、改まって平川さんを見つめ口を開いた。

「平川さん」

「もし、彰さんが過去に重大な過ちを犯していたとしたら、私は妻としてその罪を一緒に償いたいと思っています。あなたに対しても、いつか彰さんを許してもらえるその日まで、真摯に向き合いたい」

だって、私と彰さんは運命共同体の夫婦になったんだもの。

始まりは軽い気持ちの〝契約〟だったけれど、本物の夫婦になろうと約束したあの日を境に、私たちの絆はより強固なものに変わった。

「もしも一生許してもらえなくても……私は彰さんを見限ったりしない。罪を背負って、彼とともに生きます。だから……私があなたになびくことは、絶対にあり得ない」

ひと息に話した私は、最後に強い眼差しで平川さんを見据えた。彼の方も、黙ったまま挑戦的な瞳をこちらに向ける。

無言で睨み合う時間がしばらく続いたけれど、先に沈黙を破ったのは平川さんだった。張りつめていた緊張感を緩めるようにふうっと息を吐き、苦笑しながら言う。

「……彰の奴、いい嫁もらったな」

穏やかな声と、私たちの結婚を祝福するかのようなセリフに、ほっと肩の力が抜ける。

私の強い意思が、少しでも彼の心に届いたんだろうか。そんな淡い期待を抱いた瞬間だった。

「きみのこと、ますます欲しくなった。こんな安い店に連れてきても文句ひとつ言わず、しかも全部の料理をうまそうに平らげてさ。……俺、食べ残す奴とか大っキライなんだよね」

「は、はぁ?」

な、なぜそうなるの!? 平川さんってやっぱり意味不明……！

しかも、私が熱弁した彰さんへの愛情の話は無視して、食べっぷりだけ褒められても、どう反応したらいいのよ！

私はテーブルの反対側でたじろぐけれど、平川さんはどんどん攻め入ってくる。

「名前……結奈だっけ？ 明日の夜、花火大会あるだろ。それ、俺と一緒に行こう」

「や、やですっ！　その花火大会は、彰さんと一緒に行く約束をしてるんですから！」

「ふーん。そう……残念だな」

残念だと言いつつ、諦めるそぶりはなく顎に手を当てて真剣に考え込む平川さん。

なにを考えているんだろう……また変なことを言い出しそうで怖いよ。

びくびくしながら様子を窺っていると、平川さんが不意にニッと口角を上げる。その表情は悪魔の微笑みにしか見えず、背中を冷や汗が伝う。

「それなら、ふたりの仲を邪魔しに行くまでだ」

案の定、平川さんはそんな悪意に満ちたセリフを吐き、私は対処に困ってしまった。

それって、平川さんも花火大会を訪れて、私と彰さんが一緒にいるところを引っ掻き回しに来るってことでしょ？　想像しただけで疲れる……。

彰さんに言って、花火大会に行くのを中止してもらう？　……ダメだ。今私がこうして平川さんに会っているのも、彼は知らないんだから。

それに、私自身が中止になんてしたくない。ここ最近は、どんなに会社でこき使われようと、花火大会のデートを励みに頑張ってきたのだ。彰さんと一緒に、楽しい思い出を作りたくて。

その気持ちが無駄になるなんて、絶対にいや。

私は鬱々とした気分を吹っ切るように顔を上げ、きっぱり断言した。

「邪魔されても、私たちの仲は壊れませんから」

すると、平川さんは人を馬鹿にしたような挑発的な笑みを浮かべて言う。

「どうかなぁ。彰のことなんか信じない方がいいと思うけど。ま、俺はやりたいようにやらせてもらうよ」

「お好きにどうぞ！　……私、もう帰りますから！」

この場にいたらますます不愉快な気分になりそうなので、話が途切れたタイミングで素早く席を立った。

しかし、その時ちょうど追加注文していた餃子がテーブルに届き、平川さんがちらりと私を見上げて「食べないの？」と聞く。

もう、間が悪いなぁ……。

ちょっとした苛立ちを感じつつも、注文したのは他でもない自分。けれど再びテーブルにつく気分にはなれず、ダメ元でそばにいた女性店員に尋ねた。

「これ、持って帰ってもいいですか？」

「はい。構いませんよ。今包みますから少々お待ちください」

女性店員は親切に承諾してくれて、餃子をパックとビニールに入れてくれた。

笑顔でそれを受け取って、その後わざとぶすっとした表情をつくって平川さんを振り返る。

「では。ごちそうさまでした」

「いいえ。また、明日の夜ね～」

にっこり微笑んで手をひらひら振る平川さんに、私はぷいっと顔を背けて店をあとにした。


「ただいま……」

疲れた声で言いながら、玄関で靴を脱ぐ。そこには彰さんの革靴もすでに置いてあり、部屋の明かりも点いていた。

今日は仕事が早く終わったのかな？

途端に気分が浮き立った私は、早足で廊下を突っ切るとそうっとリビングを覗いた。

浴衣姿の彰さんが、ソファに座っているのが見える。

「また驚かせちゃおうかな……」

小声でひとり呟き、ドアから中に入ろうとしたその時。

「愛してる、か。なかなか情熱的だな、マリアは」

な、なに？　愛してるとか、マリアとか……。

楽しげな彰さんの声に、私の方がびっくりしてしまった。半開きのドアの隙間から目を凝らしてみれば、彼はスマホを耳に当てて電話中のよう。

いったい誰と話しているの……？

ざわざわと胸騒ぎがして、私はその場に立ちすくんだまま耳を澄ませた。

「ん？　……そうだな。俺も会いたいよ、マリアに」

しみじみ語る彰さんの優しい声に、私の胸はぎゅっとしめつけられた。

マリアって……女の人の名前だよね。以前、寝言でも呟いていた。

彰さん、もしかして、夢に見るほど会いたい女の人がいるの……？

そうだと決まったわけではないのに、みるみる心が不安に染まっていった。

『彰なんか信じない方がいい』——思い出したくないはずの平川さんのセリフが、頭の中を行ったり来たりする。

平川さんの前では、彰さんを信じようって強い気持ちでいられたのに……目の前にいる彰さん本人を疑ってどうするの。きっとなにかの誤解。自分にそう言い聞かせる。

なんでもいいから、私を安心させてくれるような会話が出ないだろうか。抑えきれない胸騒ぎを抱えながら、必死に期待したけれど。

「そりゃ、一緒に暮らした仲だ。わかるよ、お前のことは」

その言葉が決定的に私を打ちのめし、頭が真っ白になった。

――ダメ。もう、聞いていられない。

私はきちんとドアを閉めるのも忘れ、後ずさりするようによろよろリビングから離れると、そのまま寝室へと向かった。

一緒に暮らした仲？　彰さんは前に、誰かが家で待っているのは苦手だと言っていたのに？　あれは、嘘だったの……？

寝室に入ると、持っていたバッグと餃子の袋を床に落とし、電気も点けずにベッドに倒れ込んだ。うつぶせの顔を枕に押しつけ、声を殺して泣く。

どうしてなの、彰さん。私との夫婦生活では物足りませんか……？

私が彼を想うのと同じくらい、彼も私を想ってくれていると信じていたのに……。

悲しみに打ちひしがれて泣き続けていたその時、ガチャッとドアが開いて、私は心臓が止まるかと思った。

「結奈？　帰ったのか？」

来ないで……。みっともない泣き顔、見られたくない……。

私は寝たフリを決め込み、彼が去るのを待つ。

「着替えもせずにすぐ寝るなんて……酒でも飲んできたか、よっぽど疲れてるんだな」

しかし、呟きながら部屋に入ってきた彰さんは、あろうことか私のベッドに腰かけた。

ぎしりとスプリングの音がして、それから優しく私の背中をさする手の温もりを感じた。

「ちゃんと、話さなきゃな……。本当のこと、お前に」

いつもなら心地よく感じる彼の低い声が、今の私には切なく聞こえてしまい、こらえていたはずの涙がまたじわりと目尻を濡らす。

私は聞きたくないです、本当のことなんて。あなたが私でなく、マリアさんという女性を愛しているだなんて……聞きたくないよ。

「おやすみ、結奈」

そうして私の髪に軽くキスを落とし、彰さんの足音が離れていく。

その途中、床に落ちていた餃子の袋に気づいた彼が、ガサガサ音をさせて中を確認し、ふっと笑うのが聞こえた。

「帰ってきてからもまた食べようと思ってたのか？　まったく、結奈らしいな」

彰さんは笑っているけれど、きっとあきれているに違いない。色気も女性らしさも足りないくせに、食い気だけはホントすごいなって。

彼だけは、そんな私でも丸ごと受け入れてくれる気がしていたのに……やっぱり前の彼氏と同じだったのかな。彰さんだけは、違うと思っていたのに。

私がそんなことを思っているうちに、彰さんが寝室を出て行った。

最低限の呼吸で我慢していた私は、仰向けになってはぁっとため息をつく。目の端からシーツに向かって、次々涙がこぼれ落ちた。

「好き、なのに……私は、こんなに……っ」

寝室の暗闇に、私の頼りない叫びが吸い込まれるように消えていく。

「好きだよぉ、彰さん……」

受け取ってもらえないとわかっていて想いを吐き出すのは切なかったけれど、私は自分の心が落ち着くまで、何度も彼の名前を呼んでは告白を繰り返し。

そのまま いつしか泣き疲れ、電池が切れたように眠ってしまった。


翌朝目を覚ました私は、彰さんが起きる前にシャワーを浴びて、冷たい水で何度も顔を洗った。しかし、まぶたの腫れはまったく隠せていない。目の下のクマもひどいし、これじゃまるで本当にパンダだ。

「泣いたの、バレバレだよね……」

洗面所の鏡の前でどんより自分の顔を見つめていたら、寝室の方で物音がするのが聞こえた。

やばい、彰さん起きちゃった……。どんな顔をしたらいいのか迷っているうちに、彼の足音が近づいてきて、外側から洗面所のドアが開いた。

「お、おはようございます」

とりあえず、ぎこちない笑顔を作ってはみたものの。

「どうした結奈、その顔」

寝起きでぼうっとしているはずの彰さんが瞬時に顔を険しくし、近づいてくる。

そうだよね。笑顔でごまかせるわけないよね……。

「まさか、泣いたのか？　誰に泣かされたんだ？」

ガシッと肩を掴まれて問い詰められるけど、「あなたです」なんて言うわけにもいかず、とっさに口から出まかせを言った。

「昨日、一緒にご飯食べた同僚が……失恋したばっかりだったので、話聞いてたらもらい泣きしちゃって」

それにしちゃ泣きすぎだと内心自分に突っ込むけれど、彰さんは特に疑わなかった。

「なんだ……そうか。ならいいんだが。昨日、すぐに気づいてやれなくてごめんな。結奈、うつぶせでよく寝ていたみたいだったから」

「い、いいんですよ、そんな」

心配してくれる彼に、ズキンと胸が痛くなる。昨日の電話を聞いた後では、優しくされるとつらい……。

私は両手を振って「気にしないでください」とアピールし、洗面所を出ていこうとしたけれど。

「今夜だな。花火」

彼の横をすり抜けようとした瞬間、穏やかな声色で言われて複雑な思いがこみ上げた。

彰さん、一緒に行くのが私でいいんですか……？

口に出す勇気はないけれど、思わず胸の内で問いかけた。

「結奈の浴衣姿、楽しみにしてる」

その一方で、彰さんに思わせぶりなことを言われると、性懲りもなく胸がときめく。

彼の心が向いているのは自分の方だって、錯覚してしまう。

「こ、こないだも見たじゃないですか」

そんな自分を騙すようにパッと彼から目をそらしたら、彰さんは「そうだけど……」と話し出す。

「あの時は昼間だっただろ？　夜、花火に照らされた浴衣姿の結奈はもっと妖艶なんだろうなって期待してる」

よ、妖艶？　この私が？

「……期待に応えられる自信がまったくないです」

「大丈夫だよ。昼間見た時だって、首筋にキスしたい衝動を抑えるの大変だったくらい、色っぽかったから」

悪戯っぽい笑みでそう言われて、一気に顔に熱が集まっていく。

照れるな結奈！　これが彰さんの本心とは限らないってば！

「じゃ、じゃあ、とりあえずこの見苦しいまぶた、なんとかしないとですね！　キッチンで保冷剤探してきます」

早口で言って、逃げるように洗面所を出る。そうしてキッチンまでやってきたけど、ドキドキと激しい鼓動がなかなか止まらなかった。

「ずるいよ、彰さん……」

壁に背中を預け、そのままズルズル床に座り込んだ私はぽつりとこぼした。

彼の瞳が別の人を見ているかもしれないと知っても、愛しい気持ちは募るばかりで、もう後戻りなんかできない。

今日の花火だって……やっぱり楽しみだよ。他の誰でもなく、彰さんと見たい。一緒に浴衣を着て、手を繋いで。同じものを見て綺麗だねって、笑い合いたい。

「……言おう。正直に」

自分の心がどれだけ彼を求めているのか思い知らされた私は、ひとつ決心をした。

もし彰さんに別の好きな人がいたとしても、私はあなたが好きで……好きで好きでどうしようもないってこと、ちゃんと伝えよう。

その結末が悲しいものだとしても……きっと、後悔は残らない。

ただ、花火を楽しむ間だけは夢を見ていたい。彰さんが私を見ているって、錯覚していたい。だから、伝えるのは花火が終わってからにしよう。

……それまでに覚悟を決めなきゃ。

甘い戯れにほだされて

昼間のうちに家事を済ませて、夕方の早い時間から身支度を始めた。

着付けに慣れている彰さんはパパッと着替えてしまったけれど、メイクも髪型もいつもより気合を入れ、なおかつ着付けに不慣れな私は一時間以上かかってもまだ終わらない。

それでも伊達締めまでは結べたので、あとは帯を締めるだけ。

寝室の姿見の前であぁでもないこうでもないとあたふたしていると、ドアの外から彰さんの声がした。

「苦戦してるみたいだな。手伝おうか？」

「だ、大丈夫です！　あと少しなんで！」

「無理にひとりでやると、後で着崩れるぞ？」

彰さんはもっともな忠告をしてくれるけど、彼に手伝ってもらうのは私のプライドが許さなかった。

「大丈夫です。もう少しだけ、リビングで待っててください」

彰さんにそう告げると、私は神経を集中させて帯を巻き始めた。

今日はひとりでヘアメイク、着付けをして、いつもと違う自分を彰さんに見せて、綺麗って思われたい。なのに手伝ってもらったら、手品のタネを明かすみたいなものだもの。

……頑張るのよ、結奈！

それからおよそ二十分後。出かける前から汗だくになりながら、なんとか浴衣の着付けが完了した。

彰さんと一緒に選んだ薄紫の浴衣は、万華鏡のような花柄模様。同系色の帯は、かわいらしい蝶結びにした。

メイクは目元にほんのり赤系のシャドウを入れて、泣きはらした目をカモフラージュ。そして、湯上がりのように頬を上気させるチークを入れ、唇にはぷるんとしたグロスを乗せて、艶っぽさを演出したつもり。

髪型はサイドのおくれ毛を残しつつお団子を作るアレンジで、首筋が見えるようになっている。

……うん。私の中に眠っていたわずかな色気を、なんとかたたき起こせたって感じかな。

姿見の前で最終チェックをしてから、リビングで待つ彼のもとへ向かう。

「ごめんなさい！　大変お待たせしました～！」

声をかけると、窓辺に佇んでいた彰さんが振り向いた。

ゆっくり歩み寄ってくる彼の浴衣は薄いベージュ系。そして黒系の帯が差し色になって、全体的に涼やかな印象だ。もちろん似合っているのは、言うまでもない。

「ど、どうでしょうか？」

和服を着こなすのが得意な彰さんに比べ、私はビギナー中のビギナー。さすがに襟の合わせ方とかは間違っていないはずだけど、緊張しながら彼の反応を待つ。

「結奈」

やがて目の前で立ち止まった彼が、私の名を呼んだ。そして、額にかかる長めの前髪の隙間から真剣な瞳が覗き、視線が絡んだその時。

「苦労して着てもらったところ悪いが、脱がせてもいいか？」

「……へ？」

予想外の反応に、間抜けな声が出る。脱がせるって……なに？　私、そんな変な着方しちゃってる⁉

慌てて自分の姿を眺め回していると、彰さんに手首を引かれて、ぎゅっと抱きしめられた。戸惑って目をしばたかせるだけの私に、彰さんが熱っぽい低音でささやく。

「鈍いな。襲いたくなったってことだよ」

「お、襲……っ」

彼の欲情を感じさせる言葉に、あり得ないほど心臓が飛び上がって、顔が火照り出す。

これは、いつかは醒めてしまう夢かもしれない。それでもやっぱりうれしいな。女としての自信なんて全然ない私を、そういう対象として見てくれたこと。頑張って浴衣を着てよかった……。

恥ずかしさと幸福が入り交じって、苦しいほどの胸の高鳴りを感じていると、そっと体を離した彼が、私の後頭部に手を添えて軽く額にキスをする。それから、至近距離で私の瞳を覗き込んで言った。

「似合ってるよ、結奈。すごく色っぽい」

ストレートな褒め言葉に、きゅうっと胸がしめつけられた。

彰さん、どうして今日に限ってそんなに私を喜ばせることばかり言うの？　これ以上好きにさせないでよ……。

「ありがとうございます」

なんとか笑顔を作り、消え入りそうな声でお礼を言った。

胸が高鳴れば高鳴るほど、同じくらいの切なさが私の胸を押しつぶす。

それでも、今日は彼の隣で一緒に花火を見て、ふたりの思い出を作りたいって気持ちに変わりはない。彼の瞳が他の誰に向いていようと、私は私の気持ちをちゃんと伝えるって決めたから。


花火大会の行われる臨海地区まではタクシーで向かい、同じく花火目的の人々の姿がちらほら見えるようになったところで、私たちは車を降りた。

彰さんに手を引かれて歩いていくと、会場に近づくにつれ小さな屋台の姿も次々現れ、美味しそうな香りが周囲に漂い始める。

せっかく色っぽい格好をしてきたのに、ついつい屋台の食べ物に興味を引かれてしまう。

「……お腹すきましたね」

「なにか食べるか？　焼きそば、タコ焼き、かき氷……向こうに大判焼きもあるな」

「じゃ、大判焼きで！」

「だと思ったよ」

即答した私を、彰さんが思った通りだというふうにクスクス笑った。

おそらく彼は、私が大判焼きを選んだ理由を単に和菓子が食べたいからだと思っているだろう。……でも、今回は少し違う。実は、確かめてみたいことがあるのだ。

私たちは少し先に見える大判焼きの屋台を目指して歩き、並んでいた数人の先客の列の最後尾についた。それからひょこっと屋台を覗き、店頭に掲げてあるメニューをチェックする。

「こし餡、粒餡、カスタード、チョコ……彰さん、どれにします？」

私の予想通りならば、彼が選ぶものは最初から二分の一に絞られている。

「俺は……カスタードかな」

……思っていた通りだ。

彰さんの選択を聞き、おぼろげだった推理が確信に近づいていくのを感じる。

「じゃあ私はこし餡にします。でも、カスタードも食べたいので半分こしませんか？」

少し緊張しながらも、普段通りの食いしん坊な自分を装って提案する。すると彰さんの表情がわずかに強張り、視線が不自然に泳いだ。

彰さん……やっぱりそうなんですね。でも、どうして……？

「次の方どうぞ。なんにします？」

彰さんが返事をしないまま私たちの順番になり、私は勝手にこう注文した。

「こし餡をふたつください」

店の人から品物を受け取って彰さんを振り返ると、ばつが悪そうに微笑んだ彼が言う。

「……気づいていたのか」

「なんとなく、ですけど」

今まで彰さんと暮らしてきたなかで、彼が絶対口にしなかったものがある。最初は偶然かと思ったけれど、彼の様子を見るとそうではないらしい。

「バレてしまったのなら仕方がない。白状するよ、俺は……」

話し出しながら屋台の列から外れ、ゆっくり歩き出したその時だった。

「見ーつけた」

近くで聞き覚えのある男性の声がして、私も彰さんも反射的に足を止めた。

そして声のした方を向くと、今一番会いたくなかった男性と見知らぬ女性が並んでこちらに近づいてきた。

「こんな人ごみの中できみを見つけちゃう俺ってすごくない？　運命ってやつかな」

夜でも目立つ金髪に、紺地に星柄の派手な浴衣をまとって歯の浮くようなセリフを言うのは、昨日食事をともにした平川さんだった。

内心「げっ」と思いつつ、彰さんもいる手前あからさまな態度はとれずいちおう挨拶する。

「こんばんは……」

まさか、本当に私と彰さんを邪魔しに来たのだろうか。

胸に不安の影が広がり、一度は離していた彰さんの手をぎゅっと握りしめた時だった。

「お前……毬亜《まりあ》か？」

平川さんの隣にいる女性を見て、彰さんが驚いたように言った。

うそ……。なんで？　平川さんよりもずっと会いたくない人がここにいるなんて……。

「そうだよ。彰、久しぶり」

親しげに会話をするふたりに激しい動揺を感じながら、おそるおそるマリアさんに目線を移す。

トムである平川さんと同じく、顔立ちは純日本人。ピンク地に大きなドット柄の描かれたポップな浴衣をまとう彼女は、見た感じ私とそう変わらない年齢だろうか。

体の線が細く健康的な小麦色の肌をしていて、はつらつとした印象を受ける。それに対して、ぽっちゃり体型な上、手には大判焼きがふたつ入った袋を手にしている自分が恥ずかしい。女として、完全に負けている……。

ひとりで意気消沈していると、毬亜さんが一歩私に近づいて人懐っこい笑みを向けて口を開いた。

「彰がいつもお世話になっています」

まるで、彼女の方が家族だとでも言わんばかりの自然な挨拶。

これは、宣戦布告なのだろうか。でも、彰さんの妻は私だよ……？

突然のことで考えがまとまらず微妙な会釈しか返せない私に、彰さんが彼女を紹介する。

「彼女は叶夢の妹の毬亜だ。vanilla でパティシエをしている」

「パティシエ……」

こんなにスタイルがよく顔もかわいくて、おまけに手に職があるだなんて。食べることしか能がない私とは大違いだ……。彼女に対する敗北感ばかりが、胸に降り積もる。

自然とうつむいてしまう私に、平川さんがふとこんな質問を投げかけた。

「……ねえ結奈、あの後、本当に餃子も食べたの？」

餃子……？　あれ、そういえばどうしたっけ。寝室に置きっぱなしにしていたような気がするけど、今朝起きた時にはなかったような。

のんびり記憶をたどっていると、彰さんが厳しい口調で言う。

「どうしてお前が餃子のことを知っている」

あっ……。やばい。彰さんは、ゆうべ私がご飯を食べていた相手を平川さんだとは思ってないのに……！

「なんでって……俺、結奈と一緒にいたんだもん」

「ね？」と意味深な視線を送ってくる平川さんに、私は冷や汗が止まらなかった。別にやましいことがあったわけじゃないけれど、彰さんには寝耳に水だろう。

しかも、それをこんな形で暴露されるなんて……誤解されたらどうしよう。

なにも言いわけできず黙ったままでいると、平川さんが私をかばうように言った。

「俺がしつこく誘っただけだから、結奈は悪くないよ。彼女を責めないでやって？」

「……どうやって連絡を取り合った？」

彰さんの低く震える声に、怒りが滲んでいるのがわかる。しかし平川さんは飄々とした様子で彰さんに言い返す。

「さあね。でもさぁ彰、お前だって人のこと言えないじゃん」

「なんのことだ」

「またまたとぼけちゃって。最近毬亜とコソコソ連絡取り合ってるの、俺は知ってるよ？」

平川さんはそう言って、彰さんに冷ややかな視線を送る。

彼の言葉が真実であることは私も身をもって知っていたので、やっぱりそうなんだと思うと胸がしめつけられるように痛くなった。

妻である私に隠れて、毬亜さんと連絡を取る。その意味は、考えるまでもない。

彰さんが本心で愛している人は、私ではなく——。

「なにを言うんだ。毬亜と連絡を取ったのは事実だが、コソコソもしていないし、それは……」

彰さんが反論しようと声を荒らげたけれど、私はこれ以上聞きたくなくて、掴んでいた彼の手をするりとほどく。

「結奈……？」

「……いいんです、もう。私も聞いていましたから。彰さんが電話で彼女に『会いたい』と言っていたのを」

彰さんの顔を見ずに、淡々と告げる。喉の奥が焼けるように熱く、涙がこみ上げそうになるのをぐっとこらえる。

「待て結奈。それは誤解だ。俺は……」

「聞きたくありません！　……ありがとうございました。結婚生活の真似事ができただけでも思い出になりました」

自嘲気味に言いながら、左手の薬指から結婚指輪を外す。

「結奈……？」

「さよなら、彰さん」

一方的に言い、私は外した指輪を無理やり、彰さんの手に押しつけた。そして、私はその場を駆け出した。

今日は、楽しい思い出を作るはずだったのに最悪の展開だ。しかも、自分から壊してしまった。

でも、好きだから耐えられなかったんだよ。彰さんが他の誰かを見ていると知って、平気な顔をしてそばにいられるほど、私は強くない――。

張り裂けそうな胸の痛みを抱えながら、私は会場の逆方向へと夢中で走り続けた。

けれど、人の流れに押し戻されそうになったり、慣れない下駄のせいで足が痛くなったり、思うようには進めない。

やがて疲労に負け、近くにあった花壇のふちに腰かけて休むことにした。顔を上げると、目の前を幸せそうなカップルばかりが通り過ぎていく。

じわっと目尻に涙が浮かび、私は足元に視線を落とした。

「あ……血が」

すると、鼻緒でこすれた親指と人差し指の間が、痛々しい擦り傷になっているのに気づく。夢中で走っている時は大丈夫だったのに、今になってズキズキ痛み出す。

私はこれ以上傷が深くならないよう、下駄を脱いでその上に素足を置いた。

「うう……痛いよう」

すっかり弱気になった私が、子どものようにぽろぽろと涙をこぼし始めた時だった。目の前に大きな人影がかかり、よく知っている上品な香りがふわりと鼻先をかすめた。

まさか……と思った時にはもう、最愛の人が目の前にしゃがみ込んでいて、私の傷ついた素足をそっと掴んでいた。

もしかして、追いかけてきてくれたの……？

「彰、さん……」

震える涙声で、ただそれだけ言う。傷を確認していた彼が顔を上げ、真剣な眼差しで私を見つめた。

「痛いだろ。……ごめんな」

優しい声色で謝られ、複雑な気持ちになりながら首を横に振った。

ここまで追ってきてくれたことに淡い期待を抱いてしまいそうになるけれど、今のごめんがどんな意味を持つのか、知るのが怖い。

毬亜さんとのことを謝っているのだとしたら、私はもう立ち直れないよ……。

ネガティブな思考ばかり巡らせてなにも言葉を発せずにいると、彰さんは私の手に下駄を持たせて、腰を上げながら言う。

「結奈。ふたりきりになれる場所に行こう」

「えっ？　……きゃ！」

その意味を考えている間に、彰さんの手が私の膝裏と背中に回され、体をひょいと抱え上げられてしまった。

落ちないように、とっさに彼の首にしがみつきながら軽くパニックに陥る。

こ……これはもしやお姫様抱っこ⁉

「あの、彰さんっ。無理しないでください！　私、重いんですから腰やられますって！」

私の足をかばうためなのだろうけど、この抱き方は痩せている人限定ですするべきです！

申しわけなさすぎて思わず足をばたつかせるけれど、彰さんは平然と言う。

「自分の妻を抱きかかえる腕力すらないほど、俺は頼りない男じゃない。それに、お前が言うより重くないよ。余計な心配するな」

「……はい」

きゅうう、と、胸が性懲りもなくときめいた。というか、こんなことされて、ときめくなという方が無理でしょ……。

私は胸が熱くなるのを感じながら、おとなしく彼に抱かれる。

心地よい揺れと彼の温もりに浸りながら大通りまで来ると、彰さんがそっと私を下ろして通りがかったタクシーを止めた。

「道重堂の本社ビルまで」

車に乗り込んだ彼が運転手に告げたのは、意外な場所だった。

会社に連れて行かれるとは予想していなかったので、彰さんの意図がわからず困惑する。ふたりきりになるなら、このまま自宅に帰ればよかったのでは……？

その後、花火大会による人出の多さもあり何度か渋滞があったけれど、三十分弱で目的地に到着した。

初めて目にする道重堂本社は現代的なガラス張りの高層ビルで、その立派なたたずまいを思わずじっくり見上げてしまう。

彰さん、こんなにすごい会社のトップなのか……。普段はそこまで噛みしめることのない彼のハイスペックさを、改めてひしひし感じた。

「行こう、結奈。足はまだ痛むか？」

「い、いえっ！　もう大丈夫です！」

多少は痛むけれど、それを言ったらまた恥ずかしい抱えられ方をされそうだから、平気なフリをする。けれど彰さんはそんな私の強がりもお見通しで。

「無理するな。さっきのがいやなら、俺の腕に掴まれ。それくらいならいいだろ？」

「……ありがとうございます」

素直にお礼を言って、遠慮がちに腕を掴ませてもらった。

ダメだ……優しくされると、簡単にほだされてしまう。

さっきは『さよなら』と彼を突き放すようなことを言ったくせに、ちょっと甘いこと言えばホイホイついてくる勝手な女だと思われていたらどうしよう……。

結局は彰さんに未練たらたらな自分を恨めしく思いつつ、本社ビルの中へうながされるままに入って行った。

広いエントランスの正面に位置する受付には誰の姿もないけれど、巡回していた警備員の男性がこちらに気づき、近づいてきた。

「これはこれは道重社長。どうされました？　見るからにプライベートのようですが……」

社長の顔は、警備員でも知っているらしい。かぶっていた帽子を取りうやうやしく頭を下げた彼は、浴衣姿の私たちを見て不思議そうにする。

「社長室に忘れ物をした。悪いが、妻も一緒に通させてもらう」

「そうでしたか。承知しました。どうぞお通りください」

警備員さんはすんなり私たちを見送ってくれ、私たちはエレベーターのある方へと向かう。

「忘れ物なんてしたんですか？」

歩いている途中で彰さんに尋ねたら、彼はしれっと言い放つ。

「そんなの口実に決まってるだろ」

「えっ？　じゃあなんで会社なんかに」

きょとんとして問いかけたら、エレベーターの前で立ち止まった時に彰さんはその答えを教えてくれた。

「ここが、お前とふたりきりになれて……なおかつ花火が見られる場所だからだ」

「花火……？」

先ほどまでいた会場のそばはわりと開けていたけれど、この周辺は高層ビルばかり。建物が邪魔して花火なんか見えないと思うんだけれど。

なかなか頭の中の疑問符が消えない私に、彰さんは説明を諦めたように言う。

「ま、行ってみればわかる」

間もなくエレベーターが到着し、私たちはふたりで乗り込んだ。


「す、すごい！　見えるって……まさかの上から⁉」

現在地、道重堂本社の三十階、社長室。――彰さんの仕事部屋だ。

その広い窓から見える景色を目の当たりにした私は、足の痛みを感じないほど興奮していた。

目の前に広がるのは、宝石を散りばめたような都会の夜景。そして彼の言った通り、臨海地区で打ち上げられている花火を、見下ろす形で堪能できる絶好の場所だった。

部屋の照明をつけなくてちょうどいいほど鮮やかで明るい光が、次々弾けては消えていく。

「下から見るより花火がずっと立体的に見える……初めてです。こんなの」

「気に入ったか？」

そう聞きながら、彰さんが窓にへばりつく私の隣に並ぶ。私はもちろん満面の笑みを返した。

「はい！　最高の夏の思い出ができました！」

「ならよかった。で、そんなにうれしそうな顔をしてくれるってことは……さっき威勢よくぶつけてきた勝手な別れ文句は、本心じゃないってことでいいんだな？」

「え」

私は笑顔を貼りつけたままで、石のように固まった。

わ、忘れてた……。私、彰さんと気まずい状況なんだった。

冷や汗が背筋を伝うのを感じていると、彰さんがふっと苦笑して、持っていた信玄袋から結婚指輪を取り出す。

「あ、それは……」

彰さんの指先が掴んでいるのは、私が突き返したはずの結婚指輪だった。

そのプラチナが、窓の外で次々打ち上がる花火の光を反射して、いくつにも色を変える様子は、たとえようのない美しさだ。

その輝きをジッと見つめていると、彰さんが静かに問いかけてきた。

「これを身につけているのが、いやになったか？」

「いやなんかじゃありません。……でも、それを私が持っていていいのか自信がなくなって」

さっきはぐちゃぐちゃだった心が、彼とふたりきりである今は落ち着きを取り戻していて、私は素直な本心を打ち明けた。

彰さんは一歩私に近づき、優しく左手を取る。

「……いいんだよ。これは、間違いなく結奈のものだ」

言い聞かせるように言葉を紡ぎ、再び指輪を薬指に通してくれた。そのままゆっくり、自分の胸に私を抱き寄せる。

初めてこの指輪を身につけた時は、それぞれ自分たちで嵌めたし、なんの感慨もなかった。けれど、改めて旦那様である彰さんに優しく嵌めてもらうと、切なくて涙が出そうになる。

気持ちが通じ合って、やっと本当の指輪交換ができた……そう思いたいのに、まだ自信が持てない。

平川さんのことも毬亜さんのことも……大判焼き屋さんの前で言おうとしたことも。

彼の口からはまだなにひとつ説明されていないんだもの。

前は彼から話してくれるのを待つと言ったけれど、今はもう……。

「お願いです、彰さん。教えてください。あなたが隠していることを全部」

そうでないと、私は安心できません。このままあなたを好きでい続けていいのか。

彼の腕の中で少し顔を上げ、切実に懇願する。

けれど彰さんの瞳は戸惑うように揺れて、それから説明を拒むように、強引に唇を重ねてきた。

「……っ、や」

キスで、ごまかそうとしないで。そんな思いから一瞬身を引いたけれど、すぐに後頭部を掴まれて次のキスで唇を塞がれ、逃げられなくなってしまう。

そのまま窓の方へ誘導されひんやりしたガラスに背中が触れると、彼は私の両手を上げさせて片手でその手首を拘束した。

そしてキスを繰り返しながら、もう一方の手を帯にかけ、無理やりにほどこうとしている。体のしめつけが緩んでくるのと同時に、不安が胸を覆った。

彰さん、まさか……今ここで私を抱こうとしているの？

抵抗しようと身をよじると、逆に浴衣がはだけてしまい、どんどんあられのない姿になっていく。中途半端に露出した肌は、背後で打ち上がる花火によって妖しく色を変え、私の羞恥心を煽った。

「彰、さん……やめ、て」

大きく開いた襟から覗く胸元に唇を寄せ、強い力で吸い付く彼に必死でお願いする。

すると彼はちゅっと音を立てて唇を離し、熱い吐息をこぼして苦しげに言った。

「お前を安心させる方法が……他に思いつかないんだ」

途方に暮れたような彼の言葉に、胸がきしんだような音を立てた。

どうして……？　言葉でちゃんと説明してくれれば、私だって納得するのに。こんなやり方じゃ、はぐらかされているように思えてしまうよ……。

それから、彰さんはまた胸元に唇を滑らせては、私の肌にいくつも跡を残していく。

同時に、着崩れた浴衣の裾から覗く太ももを大きな手で撫でられ、不本意にも甘い声がこぼれてしまう。

「結奈……」

上擦った声に名前を呼ばれ、もどかしい愛撫を繰り返されながら思う。

彰さんは、どうしてこんなに性急に私を求めるのだろう。

毬亜さんとのことをはぐらかすため？　……ううん、そんな雰囲気じゃない。

理由をあれこれ考え、ある答えに行きつく。

私を安心させるだなんてきっと口実で、本当は、彼自身が抱える心の隙間を埋めようとしているんじゃないのかな。

だとしたら、私は……。

「彰さん」

私は優しく彼を呼んで、胸元にある彼の顔を覗き込む。彼はぴたりと動作を止めて手首の拘束を解くと、前に葉山の海でも見せたことのある、迷子のような瞳で私を見つめた。

その頼りなげな視線にぎゅっと胸がしめつけられ、私はある感情を強く抱いた。

もしも……あなたが私を抱くことで心が救われるのなら、この身を差し出しても構わない。

それほど、あなたは愛しい存在なんです。彰さん……。

しばらく無言で彼と見つめ合った後、私はその覚悟を伝えるため、口を開いた。

「私、あなたを受け入れることに、迷いはありません。でも、ここでは落ち着けないですし、恥ずかしいので……続きは、私たちの家に帰ってからにしませんか？」

彼を傷つけないよう、慎重に言葉を選びながらお願いする。

一瞬目を伏せて考える仕草をした彼は、やがて私の襟に手をかけ、はだけた部分を隠すように重ねながら言葉を発した。

「悪かった。こんな場所で……。少し、我を失っていた」

眉根を寄せ、すまなそうに謝罪をしながら、手早く私の着付けを直してくれる。

「いいんです……私は、彰さんに求めてもらえて、うれしいから」

「結奈……」

はにかんだ私を彰さんは慈愛に満ちた眼差しで見つめ、それから愁いを帯びた表情で静かに語り出した。

「お前には救われてばかりだが、俺にはどうしても自分の力だけで乗り越えたい壁がある。それが叶ったらすべて話すから……もう少しだけ、待っていてくれないか」

切なげに頼み込まれたら、自分の不安はいったん無視して頷くしかない。

「すまないな。おあずけばかりさせて」

申しわけなさそうに苦笑する彼にフルフル首を振って、それからあれ？と思い出す。

「おあずけと言えば……さっき買った大判焼きってどこ行っちゃったんですか？」

見た限り、彰さんの持ち物は貴重品が入った信玄袋しかないけれど。

「ああ……結奈を追いかけるのに邪魔だったから、叶夢に押しつけてきた」

「そうですか……お腹すいたな」

まだ屋台でなにも食べていなかったので、今さらながら自分の空腹感に気づいてしょんぼりする。

「わかったよ、どこかで夕飯食べて帰ろう」

ぽん、と頭の上に手を乗せられ、見上げればいつもの彰さんの笑顔があって、ほっとする。

……多少のわだかまりがあっても、生活をともにするのが夫婦だものね。私もできるだけ穏やかに、いつも通りを心がけよう。

そして焦らず、彰さんが話してくれる気になるのを待つ。それがきっと、ふたりが幸せになるための最短ルートなのだ。

自分の胸にそう言い聞かせ、甘い余韻の残る社長室をあとにした。

外で食事を済ませて帰宅した私は、自分の発言を思い出してひとり緊張していた。

『続きは、私たちの家に帰ってからにしませんか?』

あと一歩で体を重ねてしまいそうだったあの時、そんな大胆なことを言ってしまったせいだ。

お風呂上がりのホカホカした体でベッドの上に正座し、後からお風呂に入った彰さんを待つ。けれど彼が部屋に来る気配は一向にない。

さすがにもう上がったと思うんだけどな……。

待ちきれずに寝室を飛び出し、バスルームを覗いたらすでに電気が消えていた。

「彰さん……？」

首を傾げながら明かりの点いたリビングを覗くと、お風呂上がりの彼はソファに横になり眠ってしまっていた。

な、なんだ……もう寝てるんだ。疲れていたのかな……。

その安らかな寝顔に、急に肩の力が抜けた。

さすがに私が彰さんを抱えて寝室へ運ぶのは無理なので、彼のベッドからタオルケットを持ってきて掛けてあげた。

それでも微動だにしない、熟睡中の彼のそばで体育座りをし、私は小さく語りかける。

「すっかり期待しちゃってました……。あなたに抱かれること」

言ってから、すさまじい照れに襲われて、抱えた膝に顔をうずめる。

こんなこと、起きていたら絶対に言えないよ……。ああ恥ずかしい。

それからちら、と視線を上げて、彼の美しい寝顔をジッと見つめる。

綺麗な鼻筋……寝ているのにきりっとした凛々しい眉。睫毛も羨ましいくらい長くて……。

無意識に顔を近づけていた私は、そのまま吸い寄せられるように、彼の唇に自分の唇を重ねた。

触れるか触れないかの、羽根のように軽いキス。それでも、寝ている夫の唇を奪うなんて、なんとなく悪いことをしたような気分だった。

いたたまれなくなった私はリビングの照明を落とし、逃げるように寝室へ向かった。

すぐにベッドに入って布団をかぶり、鳴りやまないドキドキを全身で感じる。

なんか、変だ……今日の私。まさか、欲求不満？

男の人の寝顔を見て『キスしたい』って思うなんて。

焦らないって決めたばかりなのに、私、彰さんに対してだんだん欲張りになっている。

こんな気持ちを持て余したままで、彼と一緒に暮らしていたらどうにかなりそう――。

その夜の私はなかなか落ち着くことができず、寝るまでにかなりの時間を要したのだった。

旦那様の苦手なもの

花火大会の日から、早一カ月。九月下旬になり残暑も落ち着いたというのに、私はすこぶる調子が悪かった。

「先輩、最近痩せたんじゃないんですか？　ほら、これでも食べて元気出してくださ い！」

昼休みを迎えたにもかかわらず、ぼうっとしてデスクの前から動こうとしない私に、花ちゃんがお菓子を差し出してくれた。

「ああ、花ちゃん……ありがとね。後でいただく……」

私は生気のない顔で、かわいらしい個包装の八《や》つ橋《はし》を受け取った。花ちゃんは先週の三連休を使って彼氏と京都旅行に行ったらしく、そのお土産だ。

いつもならすぐに食べるところだけれど、そんな気分ではない。全体的に食に関する興味が薄れていて、日課にしていたブログの更新も近ごろはお休みしている。

「結奈先輩が甘いものを〝後で〟って……！　ただごとじゃないです！　旦那様となにかあったんですか⁉」

その問いに、私は乾いた笑いを漏らして答える。

「ううん。……むしろ、なにもない」

「じゃ平和じゃないですか」

「そう。平和……なのに、なんだろうねえ。この胸を通り抜ける木枯らしは」

遠い目をして話す私を、花ちゃんもどう扱ったらわからないようで困惑していた。

……仕方ない。私自身だって、困惑しているのだ。

確かに、彰さんとは円満な生活を送っている。しかし、幸せの最短ルートと思われたその穏やかな暮らしを一カ月続けても、彰さんが例の壁を乗り越えた気配はなく、色々とあいまいなままだ。……それに。

「女にもさ……性欲ってあるんだね」

このごろひしひしと感じている自らの意外な生態を、ぼそりと呟く。

「えっ。い、今なんて言いました？　食欲……ですよね？」

「ううん、せーよく」

私が昼間のオフィスに似つかわしくない発言をすると、花ちゃんはぎょっとした顔で、助けを求めるようにあたりを見回す。しかしそんな人物は見つからなかったらしく、私のそばを逃げ出すようにいなくなってしまった。

あーあ。唯一慕ってくれる後輩からも見放されたか。そうだよね。今まで和菓子、和菓子って食い気ばかりだったアラサーが、いきなり性欲とか言い出したら不気味だよね。

でも……本当に最近、つらいんだもの。好きな人と毎日一緒にいて、喧嘩もせず順調な毎日を送っているなかで、彰さんがまったく私を求めてこないことが。

花火大会の日に少し強引だった彼を私が拒んでしまったから、慎重になっているのかな。

それともただ、私を抱きたくないだけなのかな。後者だとしたら、切なすぎる……。

「あらら……ホントに死んでる。後輩ちゃんの言った通りだ」

ネガティブ思考に陥っていたら、頭上からそんな軽い口調が聞こえた。

パッと顔を上げると、花火の日以来、久々に会う平川さんが今日もチャラい私服姿でデスクのそばに立っていた。

「なんでここに……？」

「ん？　ああ、例の企画の件、スケジュール合わなくて延び延びになってたでしょ？　さすがに申しわけないと思ってたんだよね。今日たまたま時間空いたから、結奈がひまなら一緒にランチがてらインタビュー受けようかなって」

「あ、ホントですか？　助かります！」

仕事のことだとわかり、私は頭を切り替えた。ものすごく多忙な平川さんは予定にまったく隙がなく、任されたインタビュー企画を進められずに困っていたのだ。

「どこか食事したいお店の候補はありますか？」

すぐに出かける準備をしながら尋ねると、彼は自信たっぷりな笑みを浮かべて言った。

「せっかくだから、俺の店に招待するよ。その方が、仕事の話も伝わりやすいだろうし」

「……と、いうことは。もしかして、あのなかなか予約が取れないスイーツバイキングに？　私、まだ行ったことなかったんです！」

途端にきらりと瞳を輝かせた私に、平川さんはサラッとすごいことを言う。

「なんだ、結奈ならいつでもＶＩＰ席に通せって言っておくのに」

「ＶＩＰ……！　いや、彰さんはともかく私はそんなすごいお客じゃないんですが」

特別扱いに恐縮すると、平川さんが突然冷たい口調になる。

「なに言ってんの。彰なんか門前払いだよ。俺が来てほしいのは結奈だけ」

「え……」

彰さんの名前が出た途端、あからさまに一変した彼の態度に思わず固まってしまう。

久々に会うから忘れていたけれど、彼の彰さんに対する敵意は、相変わらずみたい……。

胸に暗雲が立ち込め浮かない顔をする私の手を、平川さんは面倒くさそうに掴んでオフィスから無理やり連れ出す。

「ほら、行くぞ」

「わ、わかりましたから……手は離してください」

「あー……はいはい。結奈は彰ひと筋なんだっけね」

平川さんは皮肉っぽく言って、つまらなそうに前を歩き出す。

いちおうこれから仕事上でお世話になる相手なので、私は「すみません」と謝りつつ彼の後をついていった。

会社からタクシーでおよそ十五分。到着した平川さんの店、vanillaは、ふんわりしたパステル系の色を使ったヨーロッパテイストの外観で、いかにも若い女性が喜びそうな雰囲気だった。

内装も凝っていて、壁紙がピンクのドット柄だったり、席同士を仕切るのに使われているのがレースのカーテンだったり、ペガサスやクマのキャラクターが至る所に飾られていたりと、すべてにおいて一貫性がある。

「すごい……。これはいわゆる〝ゆめかわいい〟というジャンルでしょうか」

「そ。本当に、夢の世界に迷い込んだみたいでしょ？」

私は記事のために何枚か写真を撮りながら平川さんの後に続き、一般客がスイーツバイキングを楽しんでいるホールではなく、奥まった個室へと案内された。たぶん、さっき言っていたVIP席というやつだろう。

私はそこで彼と向き合い、従業員がいくつか運んできたゆめかわスイーツの数々を前に、ICレコーダーのスイッチを入れてさっそくインタビューを開始した。

「東京には様々な人気洋菓子店がひしめくなか、vanillaがここまで知名度を上げた理由を社長はどのようにお考えですか？」

「そうだなぁ。新しく手掛けたこの店なんかは、わりと若い子向けだから価格設定も手頃なんだけど、基本的にうちの店は〝洋菓子界のハイブランド〟を目指して、一個千円とか二千円の高級ケーキを売りにしているわけ。それが一部の富裕層に受けて、手土産の定番にしてもらえたからかな」

今でこそ様々な形態、価格帯があるvanillaだが、確かに最初は高級志向の洋菓子作りで話題になったのを覚えている。カットケーキひとつで二千円というこれまでにないほどの価格が、むしろ素材の良さや技術の高さとして評価されたのだ。

「それから見た目もなるべく派手に、を心がけてる。フルーツやチョコレート、砂糖菓子を宝石のように散りばめて、写真を撮らずにはいられないようにね。SNS社会にうまく乗っかるのが、今は最強の宣伝方法だから」

「なるほど」

今テーブルに並んでいるロールケーキやマカロンも、思わず写真に撮りたくなるかわいさだ。さすがは平川さん、vanillaをここまで話題性のある店にしただけのことはある。彼のやり方に賛同できるかは別として、経営手腕はなかなかのようだ。

感心しながら、次の質問に移ろうと手元の資料を確認し始めた時、平川さんが不意に話し出した。

「それに比べて、和菓子ってのは古くさいし貧乏くさいよね。もらっても心が浮き立つ感じがないっていうのかな? 俺、キライなんだよねー和菓子。まぁだから、自分は洋菓子業界を選んだわけだけど」

聞いてもいない、和菓子に対する主観的な悪口を並べ立てる彼に、私は思わずICレコーダーを止める。

「ちょっと、平川さん……なんなんですか、急に」

「別に、思ってること言っただけだよ。結奈の顔見てると、いやでもあの裏切り者の彰を思い出すから、急に腹立ってきてさ」

彰さんを悪く言われるのはとても心苦しいけれど、そこまで和菓子を嫌悪するのは彼にも理由がありそうだ。もしかして、彰さんと同じ経験をしていたりして……？

私はなんとなく抱いた疑問を、そのまま平川さんにぶつけた。

「あの……平川さんも、餡子が苦手だったりするんですか？」

「餡子？　まぁあまり好きではないけど……。それより俺〝も〟ってどういうこと？」

平川さんに突っ込まれ、私はうつむきがちに話し出す。

「彰さん……餡子がまったく食べられないんです。その理由について、平川さんならなにかご存知かなって」

あの、花火の日――。大判焼きの屋台で私が確信したのは、そのことだった。

彼が避けるお菓子には共通性があって、餡子や小豆の使われているものだけ、いっさい口をつけないのだ。

私の言葉を聞いた平川さんは、顔色を変えた。

「ちょっと待って結奈。なにそれ。彰が餡子を食べられない？　あいつ、和菓子屋の社長だろ？」

矢継ぎ早に疑問を口にしながら、テーブルに身を乗り出すような形で私の方へ体を寄せる。

私はこくんと頷き、今までの彰さんの行動を思い返しながら話す。

「たぶん、気のせいじゃないと思うんですけど……。彰さん、餡子の入っている和菓子や小豆味のものをいつも避けるんです。美味しいですよってすすめても、頑なに食べてくれなくて……その理由、平川さんならわかるんじゃないんですか?」

私の切実な訴えに、平川さんは目をそらして下唇を噛んだ。そして、愕然とした様子で呟く。

「あいつ……まさか二十年以上、それに苦しんでたのか?」

そのセリフの後、平川さんはなにかと葛藤するようにしばらく目を閉じていたけれど、やがて覚悟を決めたように真剣な表情になる。

「彰が餡子を食べられなくなったのは、俺の……身勝手な嫉妬のせいだ」

平川さんは自嘲気味に打ち明ける。

「嫉妬……?」

「ああ。……でも、ここから先は彰本人の口から聞いてくれ。あいつ、結奈にならきっと話すと思う」

彰さんと同じく、平川さんにとってもなかなか言いにくい事情があるようだ。いったい、ふたりの過去になにがあったというの。いい加減はっきりさせたいけれど、私に、彼らの過去に触れる権利があるのだろうか。

「私なら……って、本当にそう思いますか？」

思わず、不安げに瞳を揺らして問いかけた。

だって、彰さんは未だに口を閉ざしたままなのだ。いつになったら彼が心を開いてくれるのか、その時期もまったくわからない。

すると、平川さんは私の憂鬱を吹き飛ばすように明るく笑った。

「……彰はさ、基本他人に迷惑かけないようひとりで抱え込むタイプだけど、そんなの無視してこっちから踏み込んでやれば意外と色々話してくれる奴だ。もっと強引に詰め寄っちゃえよ」

「平川さん……」

苦手だと思っていた彼が、まさかこんなふうに励ましてくれるなんて思わなかった。けれどそのおかげで私の胸にひと筋の光が差し、それから無性に彰さんに会いたくなった。

強引にでもいい。今もひとりで思い悩んでいるであろう彼に、手を差し伸べたい。

喜びも悲しみも苦悩も、ふたりで分け合うのが本当の夫婦だと思うから——。

「よし、じゃあテキパキ取材終わらせよう。結奈が早めに帰宅できるように」

平川さんが、空気を変えるようにパンと手を叩いて言った。その表情に、彰さんへの憎しみはもう感じられない。餡子の話で、彼も思うところがあったのだろう。

このままふたりの関係が順調に修復されますように……。

私はそう願いながら、彼へのインタビューを再開した。

誰より愛しい妻の涙に、心動かされ ―― side彰

閉店時間を過ぎた道重堂本店の厨房。ここ最近、仕事の後は毎日のようにその場所に寄り、俺は苦手を克服しようとしていた。

……しかし、どうしてもあと一歩踏み出す勇気が出ず、作業台の前に座り固まってばかりだ。

今日も結局進歩はなく、作業台に頬杖をつきため息を吐き出す。

「無理するなよ、彰」

そんな俺にいつも付き合ってくれる倉田が、落ち込む俺を見かねて声をかけてくる。

「いや、でも……。こんなんじゃ、俺はいつまでたっても結奈を安心させてやれない」

そう言って再度姿勢を正し、作業台の上にある銀色のボウル、その中身を睨むように見つめる。道重堂こだわりの、ふっくらと粒の残る粒餡だ。

しかも、親方である倉田の炊いたものだから、美味しくないわけがないと、理屈ではわかっている。わかっているはずなのに……。

「パンダもダメだったんだもんな……。あれは自信作だったんだが」

倉田に残念そうに言われ、あの夜のことを思い出す。

丸顔の結奈に似た、かわいらしいパンダの練りきり。あれは俺の餡子嫌いを克服するため、倉田が創作してくれたものだった。

しかし、パッケージを開いていざ食べようと思っても……やっぱり、それを口に入れる勇気が出ず、結奈に食べさせることになってしまった。

「……昔は、食べられたんだろう？　なんで急にひと口も受けつけなくなったんだ？　毎日お前に付き合って、色々と試行錯誤してる俺には、そろそろ教えてくれていいんじゃないのか？」

倉田が腕組みをしながら壁にもたれ、俺の表情を窺う。

歳は離れているが、いつも兄のように俺を気にかけてくれて、俺の餡子嫌いにも、親身に向き合ってくれる倉田。

両親にも結奈にも、その苦手意識の理由を話したことはないが、この人なら勝手に口外したりしないだろう。

「わかりました。少し、長くなりますが……」

俺がそう前置きした瞬間だった。

俺と倉田しかいないはずの店に誰かが入ってきた音がして、せわしい足音が近づいてくるのが聞こえた。

「おい。店の扉、戸締りは？」

「あ。いけね、うっかりしていたかも……。それにしても、こんな時間に誰が」

倉田がそう呟くのと同時に、厨房に飛び込んできたのは。

「ゆ、結奈さん……？」

倉田の驚いた声とともに、俺は大きく目を見開く。

ここまで走ってきたのだろうか。膝に手をついてぜえぜえと呼吸する彼女は、厨房の入り口で立ち止まり、俺を見つめて切なく訴えた。

「なんで……全部、ひとりで抱え込もうとするんですか」

「え……？」

「私は、彰さんの妻です！　彰さんが苦しんでるなら助けたいのに、のけ者にしないでください！　ちゃんと、頼ってください！」

叫ぶように言いながら、感極まったように、涙まで浮かべる結奈。そのひたむきな姿に、俺は激しく胸を打たれた。

今まで俺は、初めて恋をした相手——結奈に、自分の弱い部分やカッコ悪い部分はできるだけ見せたくないと思っていた。

彼女の不安を取り除くには、自分が強くなるしか方法はない。とりわけ餡子のトラウマに関しては、俺自身が勝手に過去を引きずって前に進めないだけだと情けなく思う部分もあったため、彼女を巻き込むつもりも、助けを求めるつもりもなかった。

けれど彼女は、そんな俺に腹を立てていたんだ。

俺たちは、夫婦であり、家族。必要があれば寄りかかっていい存在なのだと、結奈は今、必死で俺に伝えているんだ。

俺は彼女のもとへゆっくり歩み寄り、手のひらで涙を拭う彼女の小さな体をそっと抱き寄せた。

柔らかくて、温かくて、胸の奥を疼かせる、誰より愛しい俺の妻。

なのに、こんなふうに泣かせてごめんな……。俺は心の中でそう詫びるのと同時に、これからは、彼女の前でできるだけ素直になることを決意する。

「ありがとう、結奈……俺、お前に助けてもらいたいことがあるよ」

ようやく正直に救いを求めると、結奈は泣き顔のまま、優しく微笑んでくれた。

先ほどの作業台へと戻り、結奈と倉田に見守られながら、俺は遠い昔に思いを馳せてゆっくり語り始めた。

餡子が苦手になるきっかけになった、子どものころのある出来事を。

俺は、六歳までシングルマザーである母親に育てられていた。

父親は別に家庭があったが、金だけはあるらしくマンションのひと部屋を俺たち母子に与えて、親の責任を果たしていると思っているような男だった。

たかだか六歳の俺にそんなことがわかるはずもないが、母がいつもそう言っていたのだ。

『あいつはサイテーの父親。苦労するのは私ばっかり！』

昼間はパートで働き、夜になると酒を飲んではそうやって父親のことばかり愚痴る。

たぶん、俺がその苦労の一因になっているのだろうと子どもながらに察していて、なるべくわがままを言わないよう、母親の顔色を窺って過ごす日々だった。

愛情を受けたと感じることもなかったし、彼女がそのうち自宅マンションに男を連れ込むようになると、俺はとうとう居場所をなくした。

できるだけ家にいる時間をなくしたい。その一心で、行きたくもない公園でひとり砂遊びをしたり、あてもなく近所をぶらついたり……。

しかし幼児がひとりでいると周りの大人たちに心配され、家に帰されてしまうこともあった。

そんな時は、男が帰るまで布団をかぶって耳を塞ぎ、自分の存在を消すことくらいしかできなかった。

毎日がまるで灰色の世界を生きているようで、喜びも楽しみも、悲しみさえもなく、ただ時間の経過に身を任せるだけ。

おそらくあのまま灰色の日々を生きていたら、俺の感情はとっくに死んでいただろう。

そうならなかったのは、ある事件が起きたからだった。

その日、俺が保育園に行っている間に、母は自宅でいつもの男と会っていた。

しかし、男の吸っていた煙草の不始末が原因で火事が発生し、俺が帰宅するころには住んでいた部屋が丸焦げになっていた。

母と男は逃げ遅れて命を落とし……結果、俺だけが生き残ったのだ。

けれど灰色の世界にいた俺には、悲しいとか寂しいとかいう感情すらもなかった。

ただ、大人になった今でもマンションに苦手意識を持っているのは、その事件が少なからず影響しているのだと思う。

身寄りをなくした俺は、やがて児童養護施設に保護されることになった。

そこにいたのは親と暮らせない子どもたちばかりで、最初はお互いに警戒心が強く慣れるのに時間がかかったが、寝食をともにするうちに俺はある兄妹と親しくなる。

それが同い年の平川叶夢、そして四つ年下の毬亜だった。

「彰！　サッカーしようぜ！」

「うん。……俺、やったことないけど」

「大丈夫。簡単簡単」

社交的で活発な叶夢に誘われ、俺は色々な遊びを覚えた。

サッカー、缶蹴り、鬼ごっこ。時々毬亜に付き合って、ままごともした。

ふざけた悪戯をして施設の職員に怒られることもあったが、無関心な母親に育てられた俺には、怒られる経験すらも新鮮だった。

「お前、どうしてここに来たんだ？」

「ん？　お母さん、火事で死んだから」

「そっかー。俺んちは事故だ。でもさ、ここの施設長に、俺の名前は親の願いが込められたスゲーカッコいい名前だって教えてもらってから、めそめそすんのはやめた」

トム……まだ漢字の読めなかった当時は、その響きだけで「うん。確かにカッコいい」と納得したのを覚えている。

そして、自分の意思をはっきり周囲に示せる彼の性格も、俺のあこがれだった。

叶夢や施設のおかげで俺の世界は色を持ち、毎日が楽しかった。

俺はここで、本当の家族を見つけたんだ——。

そう思うと、過去なんてどうでもよくなったし、この先も前向きに歩いていこうと思えた。

そんな明るい毎日の中で、俺と叶夢が特に楽しみにしている時間があった。

それは、月に一度だけ訪れる、特別なおやつの時間だ。

「こんにちはー、道重堂でーす」

玄関の方でそんな声が聞こえると同時に、俺と叶夢は部屋を飛び出して、食堂のある一階にバタバタと駆け降りる。

道重堂はこの施設を援助していて、それに加えて月に一度、子どもたちに無償で和菓子を提供していたのだ。

「よっしゃ！　今日はきんつばだ！」

「美味しそう……」

人数分の和菓子が入ったバットを覗き、派手に喜びを表現する叶夢と、静かながらも和菓子に熱い視線を送る俺。

他の子どもたちも喜んではいたもののスナック菓子の方が好みのようで、俺たちほど感激している奴はいなかった。それで、次第に道重堂の従業員たちも俺たちふたりの顔を覚えてくれるようになったんだ。

「なー彰、和菓子ってなんであんなに美味しいんだろう」

「うん。作ってみたいよな。自分で餡子こねたりしてさ」

叶夢とそんな話をしていると夢はどんどん膨らみ、白い紙を広げて、創作の和菓子の絵を描いてみたりもした。

「……よし。俺たち、一緒に和菓子職人になろう」

「うん！」

そうして、俺は叶夢とともに和菓子職人になることを約束したのだった。

それから時々施設の人に頼んで白玉粉と餡子を買ってきてもらい、叶夢とふたりで簡単な大福を作った。ふたりで手作りした和菓子の味は、美味しさも感動もひとしおだった。

とはいえ実のところ、俺は本気で和菓子職人になりたかったわけじゃない。

ただ、叶夢と一緒に大好きな和菓子について語る時間が楽しく、大人になってもそれが続けばいいのにと、思っていただけだったのだ。

けれどしばらくして、甘い夢は儚く散ることになる。

それは俺と叶夢がそろって小学校に入学し、学校生活にようやく慣れたころだった。

いつものようにふたりで一緒に施設に帰ると、駐車場に見慣れない高級車が停まっていた。

職員のものでない車がそこにある時は、だいたいとある客が来ている時だ。俺たち施設の子どもは、それをよく知っていた。

「……今回は誰がもらわれていくんだろうな」

「ま、小学生の俺たちじゃないのは確かだな。もらい手になる人たちは、子どもが小さいうちに引き取りたいって思うらしいから」

叶夢がつまらなそうに放った言葉に納得し、俺はすっかり他人事で施設の中へ入っていったのだが。

「あっ、彰くんおかえりなさい、ちょうどよかった。ちょっとこっちに来て」

ランドセルを下ろすひまもなく施設長に呼ばれて、言われるがままに応接室のような場所に移動すると、そこにはひと組の夫婦がいた。

「こんにちは、彰くん」

「学校、お疲れ様」

にこにこと俺に微笑みかけるその人たちには、なんとなく見覚えがあった。

確か、月一の特別おやつの日……この人たちがお菓子を持ってきてくれたことがあったような。

「道重堂の人……？」

記憶を頼りに問いかけると、夫婦はうれしそうに顔を見合わせる。

それから、俺のそばにいた施設長が、ふたりが道重堂の社長夫妻であることと、彼らがここにいる理由を俺に教えたのである。

「彰くん。この方たちはね、あなたのお父さんとお母さんになりたいって思ってくださっているの」

……俺の、お父さんとお母さんに？

そう言われても、俺は生い立ちのせいで普通の両親のイメージも知らないし現実味なんかまったく湧かず、ただキョトンとするだけだった。

それから道重夫妻は頻繁に施設に足を運ぶようになり、俺を色々な場所へ連れて行った。

水族館、動物園、遊園地……俺にはすべてが初めて見るものばかりで、純粋に楽しかった。

俺はそこで経験させてもらったことを、毎回興奮気味に叶夢に報告していた。

「でさー、ジンベイザメってこんなにでっかいんだ！　でも人は襲わないらしくて、……そうだよな。俺だけが連れて行ってもらった場所の話聞かされても、つまらないよな。

けれど、叶夢は読んでいた本から目線を上げずにそっけない返事をした。

「ふーん……」

優しい顔してた」


「……あのさ。今度、おと……道重さんに、聞いてみようかな」

俺は夫妻と会っている時、彼らをお父さん、お母さんと呼ぶようになっていた。で
もそれを叶夢の前で出すのは恥ずかしくて、慌てて言い直す。

「なにを？」

「俺だけじゃなくて……叶夢と毬亜のことも、引き取ってもらえないかって」

幼い俺は、それがなかなかの名案なのではないかと思っていた。

道重夫妻と過ごすうちに、彼らがかなり裕福であることはなんとなくわかっていた
から、子ども三人くらい引き取っても問題ないんじゃないか、と。

しかし、それを聞いた叶夢は盛大なため息をつき、じろりと俺を睨んだ。

「ばかじゃねーの？　そんなの無理に決まってるだろ」

「でも、俺たち家族なのに……」

思わず呟くと、叶夢は読んでいた本を閉じ、怒りを抑えたような声でこう言った。

「……そこまで言うならさ、道重堂の社長の家に行く権利、俺たち兄妹に譲れよ」

「え……？」

「金持ちの、しかも夢だった和菓子屋の家の子どもになれるなんてさ……。もし俺がお前だったらって、あり得ないこと望んで、最近たまんねえんだよ……」

無理やり絞り出したような声で胸の内を明かした叶夢に、俺はなんと言っていいのかわからない。

「じゃあ譲るよ」――すぐにそう言えたならよかったのかもしれないが、俺には新しい両親となるふたりを慕う気持ちが少なからず芽生えていて、彼らの優しい顔を思い浮かべると、譲るだなんて言葉はとうてい口にできそうになかった。

叶夢とはそれ以来ほとんど口をきかなくなってしまい、ぎくしゃくした関係のまま、俺が道重の養子として引き取られていく日を迎えた。

別れ際、施設のみんなは俺を見送るのとともに手紙や折り紙のプレゼントをくれたが、叶夢は姿すら見せてくれなかった。

最後に、仲直りがしたかったのに……。切ない思いを抱えながら、両親の後について駐車場に向かう。そして車に乗り込む寸前のことだった。

「彰！」

どこからか俺を呼ぶ声がして、周囲を見渡すと、大きな木の陰に半分隠れるようにしてこちらを見ている、叶夢の姿を見つけた。

「叶夢……！」

見送りに来てくれたんだ。俺は涙が出そうなほどうれしくなって、両親に「先に車に乗っていて」と告げ、彼のもとへ向かって一目散に走った。

そうして木の下で向き合った叶夢は、最初気まずそうにもじもじしていたが、やがて後ろ手に隠していたなにかを俺の前に差し出した。

白い餅に包まれた、不格好な丸い大福……。もしかして、これを俺のために？

「……これ。せんべつ」

ぶすっとしたまま言う叶夢を、俺は照れているのだと思い込んで素直に大福を受け取った。ずっしりと重くて、ひとつ食べただけでお腹いっぱいになりそうだ

「ありがとう」

素直にお礼を言った俺に、叶夢はそっぽを向いたまま「食べてみろよ」と言った。

俺はこくりと頷き、大きな口を開けて大福にかぶりついた。

しかしその瞬間……口の中に広がったのは、不快な味と食感だった。俺は反射的に、

食べたものをぺっと吐き出す。

「叶夢……？　なんだよ、これ……」

それでも口の中に残る、じゃりっとした固く細かい感触。

手にしている残りの大福を見てみると、外側の餅は本物だが、中は餡子などではなく、泥の固まりだった。

涙目になりながら愕然とする俺に、叶夢は冷たく言い放つ。

「……お前なんか、裏切り者だ」

俺を突き放すそのひと言と、いつまでも舌に残る泥の味に、視界がぼやけて揺れる。

俺が、悪かったのかな……。俺が、道重の家に行くことを拒否して、叶夢や毬亜と過ごすことを選んでいれば、こんな別れにはならなかったのかな。

「叶夢……ごめん。俺だって、もっとお前といたかったよ。でも……」

「いいよ別に謝んなくて。せーぜーいい暮らししてろよな。でも、これだけは覚えとけ。俺が大人になって施設を出たら、どんな手を使ってでも道重堂をつぶすから」

そう言った叶夢の、さげすむような瞳に耐えられず、俺は逃げるように両親のもとへ戻った。

大泣きしながら口の周りを泥だらけにする俺を両親は心配したが、叶夢のしたことを言いつけるような気にはならず、「転んだだけ」と嘘をついたのだった。

餡子が食べられなくなっているのに気づいたのは、その数日後だ。

ある日、後継者になる第一歩として、まずは和菓子を作る作業を見学させてもらうことになった。

本店の職人たちの前で父に「私の跡継ぎになる、息子の彰だ」と紹介され、うれしいようなくすぐったいような気分だった。

そして、厨房で和菓子を作る様子をひと通り見学した後、実際に作りたての和菓子を試食させてもらうことに。

その時、父は店舗の様子を見に行っていて、俺のそばには当時まだ若手職人だった倉田がいた。

「ほら、蒸しあがったばかりの饅頭だ。最高だぞ?」

ホカホカと湯気を立てるつやつやの生地はとても綺麗で美味しそうで、すぐに「いただきます」と手に取ったのだが。

大きく口を開けた瞬間、施設で叶夢と別れた時の最悪の思い出がフラッシュバックし、あの泥大福の味を連想してしまった俺は、饅頭を食べることができなかった。

「食べられ、ない……」

そう言って、ぽろぽろ涙を流し始めた俺を見て、倉田は慌ててそばにしゃがみ込む。

「どうしたんだよ彰。饅頭はキライか？」

「……キライじゃない。でも、餡子が無理なんだ。ねえお願い、このことお父さんには言わないで！」

両親が俺を息子に選んだ理由は、〝施設の中で一番和菓子を美味しそうに食べてくれたから〟だと聞かされていた。

そんな俺が、餡子を食べられないなんて知られたら。また、前の家にいた時と同じく厄介者のように扱われてしまうのではないかと不安だった。

必死に訴える俺に倉田は困ったような顔をしたが、やがてため息をつくと俺の目の前にあったまんじゅうを自分の口の中にポイッと放り込んだ。

「なにがあったか知らないが……俺の口からは言わないよ。約束する。ただ、この先隠し通すのは難しいと思うけどな」

「うん……」

倉田の言う通り、俺が餡子を食べられないことは早い段階で両親に気づかれてしまい、俺は申しわけない気持ちでいっぱいになった。

こんな状況になるなら、やっぱり叶夢が息子としてもらわれていった方がよかったんじゃないか。そんなことを思って落ち込む俺を、両親は責めることなどなかった。

「餡子が食べられないからって、和菓子屋の社長になれないわけじゃない。うんと勉強して、食べられない分を知識で補えば大丈夫だ」

「そうよ、彰。あなたにどんな苦手があったって、私たちの息子であることに変わりはないわ」

そう言ってくれるふたりは俺にはできすぎた両親で、彼らには大きな夢もあった。

それを聞かされたのは、父が社長職を俺に任せて自分は現役を引退すると言い出した時のこと。当時父はまだ六十代前半の年齢だったので、退任するには早すぎるのではと進言したら、こんな返事が返ってきた。

「私と母さんには夢があるんだ。今までも、彰がいたような施設に多少の援助とお菓子を提供するという活動はしてきたが、もっと直接的に子どもたちの助けになれないものかとずっと思っていてね。それで、自分たちの手で施設を作って運営しようということになった。彰なら、応援してくれるだろう？」

そう言われて、俺は久々に施設での過去を思い出す。

叶夢との確執で後味こそ悪かったが、あそこにいられた時間は、かけがえのない優しい時間だった。

居場所のなかった俺を受け入れ、死にかけていた感情を取り戻させてくれた。

そんな場所を増やそうとしている父と母に、反対なんかするはずがない。

「ああ。応援するよ。道重堂は、俺に任せてくれ」

「頼もしいな。お前が息子で本当によかったよ」

そんなふうに、両親との関係は極めて良好だったが、だからこそ餡子のトラウマをいつかは克服したいと思っていた。

今まではそのきっかけがつかめずにいたが、結奈がそばにいてくれる今なら――。


過去を語り終えた俺が気を取り直して顔を上げると、作業台を挟んで向かいに座る結奈が小さく肩を震わせ、しゃくり上げていた。

「ごめんな……暗い話、聞かせて」

結奈は泣きながらふるふる首を横に振り、それから真っ赤な目で俺を見つめて言う。

「きっと思い出すのもつらい話なのに、聞かせてくれて、ありがとうございます。……そういう事情があったのなら、餡子を食べられなくなっても無理はありません。というか、今までさんざん餡子を食べる私をそばで見ていて、彰さん大丈夫でし

ない。

結奈が心配そうに聞いてくるけれど、それに関してはまったく不快に思ったことはたか……？」

むしろ、結奈が餡子や和菓子を食べる姿は癒しであり、俺の心に優しさや素直さを取り戻させてくれたくらいだ。

やはり俺にとって彼女の存在は大きく、特別なものなのだろう。

「もちろん大丈夫だ。……なあ、今、俺の目の前で餡子を食べてみてくれないか？」

「え？　今……ですか？」

「ああ。頼むよ。そしたら、次は……俺が食べる番だ」

結奈は俺の覚悟を感じ取ったように、真剣な顔で頷いた。

きっと、彼女がいれば大丈夫。

もうなにも怖くない。結奈が俺に力を与えてくれるから――。

豹変した夫の溺愛

平川さんへのインタビューを終え、会社でやるべき仕事も怒涛の勢いでクリアした私はすぐに自宅に帰った。

けれど彰さんの姿はなく、会社に電話してみたところ、前に一度だけ話したことのある秘書の冬樹さんが『社長なら銀座本店に寄ってから帰られると仰ってました』と教えてくれて、急いでまた家を飛び出してきた。

閉店後の本店にいたのは彰さんと倉田さんのふたりだけで、私はためらわずに思いの丈をぶちまけた。すると彰さんも私の気持ちに応えるように、ようやく彼の抱えていた複雑な事情をすべて打ち明けてくれたのだった。

「では、まず私が見本を見せますね」

私は彰さんと倉田さんが見守るなか、ボウルに入った粒餡をスプーンですくって口に入れた。

「うん。美味しいです。甘いのにいっさいくどさがなくて、澄み切ったお味。ボウルに入ってる量、ぜんぶ食べちゃいたくなります」

そして、向かい合う彰さんに向け、その美味しさをこれでもかとアピールする。餡子だけをこんなふうに食べるって、私にとっては贅沢以外のなにものでもないのだけれど……。

「結奈が、そう言うなら」

ふうっと息をつき、覚悟を決めた様子で彰さんも餡子をひとさじすくう。その手はかすかに震え、瞳には不安な色が浮かんでいる。

「頑張って、彰さん」

背中を押すように声をかけると、緊張で額に汗を滲ませた彰さんが、ゆっくりスプーンを口に入れた。

「どうですか？　彰さん」

小さく口を動かして餡子を味わう彼をハラハラしながら見守っていると、やがて、骨ばった喉仏を上下させ、無事に餡子を飲み込んだらしい彼が、静かに目を閉じてこう言った。

「……うまい」

聞こえるか聞こえないかの小さな呟きだったけれど、確かに耳に届いたその言葉に、私は感極まって涙目になる。

「彰さん……食べられたんですね。しかも、ちゃんと美味しいって」

「ああ。最初は無意識に感覚を遮断してしまったが……徐々に舌の上に餡子の存在を感じて、きちんと風味を味わうことができた」

彰さんは再びボウルの餡子をすくい、今度は自分の意思でためらいなく餡子を口に運んだ。そして再度確かめた味に、目元を柔らかく緩めてしみじみ言った。

「ああ……懐かしい。子どものころ食べたきりだったが、餡子ってこんなにうまいものだったか」

餡子の甘さは、道重堂の和菓子は、人を幸福にする。彰さんは完全に、そのことを思い出してくれたみたいだ。

「彰さん……！」

見事にトラウマを克服した彼に歓喜し、思わず作業台の向こう側に回った私はその体に抱きついた。

「よかった……。本当に、よかったです……！」

ぐすっ、と鼻をすすりながら全力で喜びを伝えると、彰さんも私の背中にぎゅっと腕を回し、抱きしめ返してくれる。

「ありがとう。結奈がいなければ、絶対に無理だった。お前は本当に、最高の妻だ」

彰さんはそう言ってから、言葉だけでは感謝を伝えきれないというふうに、私の唇をキスで塞いだ。

今までで一番の、甘い甘い口づけ。それはほんのり、優しい小豆の味がした。

私たちはそれからもしばらく無言で抱き合い、しみじみ幸せに浸っていたのだけれど。

「おーい、ふたりの世界に入るのはそれくらいにしてくれないか？」

倉田さんのあきれ果てた声が、私たちを甘い空気から引きずり出した。私はパッと彰さんから離れ、熱い頬を両手で挟んで冷やす。

そういえば、倉田さんがいたことすっかり忘れてた……。

「もう少し黙って見ていてくれてもよかったのに」

不服そうな彰さんは、彼に見られているのを知っていてあんな行動に出ていたらしい。

彰さん、トラウマを克服してから急に積極性が増した気がするのですが……。

「いやだよ。こちとら長年和菓子ひと筋で、この歳になっても寂しい独身男なんだ。若いもんがいちゃつく姿なんか見た日にゃ孤独に涙しながらやけ酒だ。……まぁ、でも」

途中まで苦言をこぼしていた彼が、組んでいた腕をほどいて晴れやかな顔を彰さんに向けた。

「よかったな。俺はお前が長年苦しんでいるのを見てきたから、自分のことのようにうれしいよ。本当の幸せはこれからだな」

「はい。ありがとうございます」

倉田さんが励ますように彼の肩をポンとたたくと、彰さんも頼もしい笑顔で応える。

ふたりの和やかなムードに、私も胸が温かくなった。


道重堂をあとにした私たちは、彰さんの車で一緒に帰宅することになった。

従業員用の駐車場で車に乗り込み、落ち着いてふたりきりになれたところで、私は改めて口を開く。

「こんな私でも、あなたの役に立てることがあってよかった。……最近妻としての自信を喪失気味だったから、なおさら」

正直な気持ちを吐露した私に、彰さんはすまなそうに苦笑する。

「悪かった。俺が、いつまでもお前に本当のことを話そうとしなかったからだな」

運転席から彼の腕がこちらに伸び、私の頬に触れる。暗い車内でお互いの視線が絡み、自然と胸が高鳴ってくる。

あと一歩でキスしてしまえそうな雰囲気だけれど、その前に私にはもうひとつだけ確認したいことがあった。

「それもありますけど……。私、毬亜さんのことも、気になっていて」

「毬亜？　ああ、叶夢の言っていたことを気にしているのか？　確かに毬亜とは電話で話したが、別にこれと言って疑われるような話はしてないと思うんだが……」

彰さんはスッと頬から手を離し、まったく心当たりがないという顔をした。

「その電話、実は私偶然、聞いちゃって……。彰さんが彼女に『会いたい』とか、『一緒に暮らしてたからお前のことはわかる』って言ってたのが、なんだか男女の甘いやり取りに聞こえてしまったんですけど……」

斜め上方向をジッと見つめて考える仕草をした彰さんが、やがて納得したように頷いた。

「そういえば、電話であいつとそんな話をしたな。……でも、結奈が不安になるような意味じゃない。あの時、叶夢に連絡先を聞いた彼女から電話があって、単に懐かしかったんだ。俺が知ってる毬亜は、二、三歳ごろの姿だったから」
二、三歳……。完全に、子どものころの話だ。ということは、一緒に暮らしてたというのも大人になってからの話ではなく……。

「施設の話をしただろ？　毬亜もそこで一緒だった。だからまぁ、兄妹みたいな信頼関係はあるが、それだけの繋がりだよ。どうだ、これでもう不安は払拭されたか？」

そっか。単に、施設で一緒に暮らしていただけだったんだ。

それで兄妹のような感覚から、毬亜さんは『いつも彰がお世話になっています』というセリフを私に……。

平川さんと彼女が兄妹だと聞いてからなんとなく想定していた展開ではあるけれど、彰さんの口から直接伝えてもらった今、ようやく大きな安心感を得ることができた。

これで気になることは、ほとんど聞いたと思うけど……最後の最後、あのセリフに関してだけ確認させてほしい。

「その電話の時、愛してる……ってセリフも聞こえちゃったんですが、あれはどういう意味だったんでしょう」

この流れから考えると、甘い意味ではないのだろう。でも、そうでないとしたら『愛してる』だなんて言葉がなぜ飛び出したのか、余計に不可解だ。

「ああ。それはな……商品名だ。vanillaの洋菓子の」

「よ、洋菓子……？」

彰さんが軽く笑って教えてくれた予想外の答えに、目を丸くした。

「毬亜がパティシエだというのは言ったよな？　彼女は腕も確かだが、女性らしい視点でひとつひとつに凝った商品名をつけるのも特徴でな。新作のケーキに『愛してる』という名をつけたんだと教えてくれた。その時の会話を結奈は聞いたんだろう」

「なるほど……ケーキの名前だったんですか」

拍子抜けして頷きながら、ようやく胸のつかえがとれていくのを感じた。

彰さんが愛してるのは私でなく、他の女性――それは私の完全なる思い込みで、まったく事実ではなかった。

「それなのに、私ってば勝手に誤解して、花火大会で彼女にちゃんと挨拶もできませんでした。……今度、謝りたいな」

「ああ、それなら今度連絡しておくよ。話してみれば、甘いものに命を懸ける者同士、お前たち気が合うと思うぞ」

「ホントですか？　お会いするのが楽しみです」

歳も近そうだったし、友達になれるかもしれない。彼女がライバルでないとわかった途端、急に気分が上向く自分の単純さにあきれる。

やがて会話が途切れ、私はいつになっても車を発進させない彰さんを不思議に思って横を向く。すると、彼は片手をハンドルに掛け、ジッと鋭い眼差しをこちらに向けていた。

「彰さん……？」

それはまるで、夜の闇の中で獲物を探すオオカミの瞳のよう。獰猛な色をはらんだ危険な雰囲気が漂い、思わずドキッと胸が鳴って、彼から目がそらせなくなってしまう。

「これでやっと……ためらわなくていいんだな」

「え？」

ためらわなくていいって、なにを？

「ずっと我慢していたんだ、お前に触れること。お前の心にもう迷いがないのなら、俺もためらわない。――今夜、結奈を抱きたい」

「彰さん……」

欲望をむき出しにしたセリフと、体の芯に響く甘い低音ボイスに大きく鼓動が跳ねる。

彰さんとそうなることを想像すると恥ずかしくてたまらないし、緊張もする。だけど、心に迷いはない。私だって、ずっと望んでいたのだもの。

「私も……実は、結構焦れていました。でも、自分で男の人を誘うなんて高等な技術は持ち合わせていないし、ただひとりで悶々とするばかりで……」

このごろずっと自分の中にくすぶっていた思いを、正直に打ち明ける。すると彰さんはなぜか含み笑いを浮かべ、少し意地悪な口調で話し出す。

「……知ってるよ。俺の寝込みを襲ってキスしたことがあるだろう。俺は正直、あの時が一番自分を抑えるのに苦労した。俺からそういう行動を起こすと照れて真っ赤になる結奈が、自分からキスしてくるなんて……あのままソファに押し倒さなかった自分を褒めてやりたいよ」

それって、花火大会の夜帰宅した後のこと？　じゃあ、もしかしてあの時、眠っていたように見えた彰さんは……。

「お、起きてたんですか⁉」

「ああ。社長室で中途半端に触れたお前の肌が忘れられなくて、寝室に行ったら欲望のままにお前を抱いてしまいそうだったからな。ソファで煩悩と闘いながら無理やり寝ようと思ったが、なかなか寝つけないでいたところだ」

いやー！　なんてことなの……！　彼の記憶を抹消したい！

今さら後悔に頭を抱えても、後の祭りだ。彰さんはなおもその夜の記憶について語り続ける。

「キスもさることながら、俺に抱かれるのを期待してたとか呟いていただろう。あの時は望み通りにしてやれないのが歯がゆかったが……ようやく叶えてやれる」

彰さんはそう言って助手席に身を乗り出すと、私の唇を甘く塞いだ。

「ん……」

私は思わず鼻にかかった声を漏らし、瞳がトロンとなるのを感じる。

しばらく長い口づけを交わした後、彰さんは一度唇を離し、私の惚けた表情を愛しそうな目で見つめた。それから、こらえきれなくなったように何度も、角度を変えながら柔らかな唇を押しつける。

あんな会話の後だから恥ずかしいのに、キスだけで体が熱を持ち、もっともっとと欲しがるような気持ちが、心の奥から湧き上がる。

彰さんの前だと、自分でも知らなかった女としての自分が目覚めるのを感じる。

思えば彼と夫婦になってからは、他にも色々な感情で胸が忙しく、ときめいたり切なくなったり、ときには傷ついたりもした。

でも、どんなにこの胸が傷を負ったって、彰さんに対する想いだけはずっと変わらなかった。それどころか、愛しい気持ちは募るばかりで……私には、この人が必要なんだと強く思い知った。

「彰、さん……」

唇を重ね合わせるたびに高ぶる気持ちを伝えたくて、私は呼吸を乱したままで告げる。

「好きです……私、彰さんが、大好き」

言葉にしないといられないほど、胸にあふれる想い。どうか彰さんに受け取ってほしいと思いながら見つめた先の彼は、なぜか苦しげに眉根を寄せていた。

「結奈……お前、こんな場所で理性を保てなくなるようなこと言うな」

「えっ……。ごめん、なさい」

今私、怒られた？　とっさにそう思ってしまい、不安な表情で謝るけれど。

「……別に謝る必要はないよ。お前がかわいくてどうしようもなくて、今から後部座席に移動してどうにかしてやろうとか思う俺のよこしまな肉欲の方が問題」

彰さんは一気にまくしたて、運転席のシートに背中を深くもたれさせるとはぁっと息をこぼす。

私はというと、今のセリフを脳が処理しきれずに、ぽかんとしながら頬を熱くしていた。

彰さん、まさか車の中で……なんて、考えてたの!?

それに肉欲って……ものすごい直接的な表現すぎて、どう返したらいいのか……！

私が軽いパニックに陥っているのに気づき、彰さんは落ち着かせるような声で言う。

「……大丈夫だよ、結奈。ちゃんと帰ってから抱く。まぁその代わり、ベッドの上では容赦しないけど」

けれど、このセリフでパニックを脱却できるはずはなく。

「今から覚悟しておけよ？　今夜は、眠るひまなんか与えないからな」

心と体を甘く疼かせるそんな命令に、私は従うほかなかった。

「は……はい」

消え入りそうな声で返事をすると、彰さんはようやくエンジンをかけて車を発進させた。

けれど車内にはキスの甘い名残と、互いにこらえている欲情が濃密な空気となっていつまでも漂い、家に着くまでのわずかな時間すらもどかしかった。

ようやく帰宅し、車を車庫に入れた彼は、私の手首をがっちり掴んでずんずん庭を進んでいく。

「くそ……この庭、広すぎるんだよ」

彰さんらしからぬ、忌々しげな口調がおかしくて、私はクスっと笑う。

「家を建てる時に彰さんがこだわったから広くなったんですよね？」

「まぁな。……ああ、鍵を開けるのも面倒だ」

早足で玄関にたどり着いても、彰さんはまだはやる気持ちを抑えられないらしい。キーケースから鍵を選んで取り出す簡単な作業にも手間取っていて、なんだかかわいらしい。

「落ち着いてください。私、逃げませんから」

そう言って彼をたしなめていると、鍵を見つけた彼が手早く玄関のドアを開き、私を家の中へと引っ張り込む。

それから、とうとう我慢の限界だというように、逞しい腕の中に私を閉じ込めた。

「落ち着いてられるかよ。……かわいい嫁を、初めて抱けるこの夜に」

「彰さん……」

うれしすぎるよ。かわいい嫁だなんて……。

私がじわっと瞳を潤ませると、彼は私の顔を優しく両手で包み込み、コツンとおでこ同士をくっつけて言った。

「まずはシャワー、とか言うなよ？　もう、とっくに限界超えてるんだ。……今すぐ結奈が欲しい」

「はい……。私も、彰さんが欲しいです」

「ありがとう。……あとごめん、本当に、手加減できそうにない」

ばつが悪そうに言った彼とちゅっと軽いキスを交わした後、私たちは一直線に寝室へ向かった。

部屋に着くと彰さんは柔らかなオレンジ色の間接照明だけを点け、私たちは彼のベッドに寄り添うように座った。そして視線を絡ませ、どちらからともなく唇を重ねる。

次第に深くなるキスとともにゆっくり背中からベッドに倒され、彰さんがその上に覆いかぶさった。

彼の大きな手によって一枚一枚衣服を取り去られる感覚は、自分が自分でなくなっていくようで心許ない。けれど、やがてお互いが裸になり素肌をくっつけ合うと、心許なさより直接彼の温もりを感じられる喜びが上回った。

「結奈……」

甘い声で名前を呼ばれて、体をなぞる手に、脳みそが溶けていく。

彰さんのことしか考えられない。彰さんしか見えない。

……でも、もっともっと、あなたのことだけを感じたい。その気持ちが最高潮に達した時、私はとうとう我慢ができなくなった。

「彰さん……早く、きて」

私は彰さんの耳元に唇を寄せ、ほとんど吐息みたいな掠れ声でねだった。

すると彰さんの肩がぴくりと反応し、はぁ……と大きなため息をついてから、お返しのように私の耳元でささやいた。

「せっかく我慢してたのに……。もう、やめてって言われたって、やめてやらないから」

セクシーな声でそう宣言した彼は、私の唇をキスで塞ぎながら、欲しかったものをくれた。心も体も隙間なくひとつになれたことがうれしく、目尻にじわりと涙が浮かぶ。

やがてお互いの吐息が激しく乱れ、限界を感じて握り合っていた彼の手を、さらにぎゅっと掴んだその瞬間――。

「愛してる……っ。結奈……」

額に汗を浮かべた彼が一生懸命にそう伝えてくれ、私の中に電流が駆け抜けるように、大きな快楽の波が押し寄せた。

その夜は何度抱き合っただろう。

力を使い果たして彰さんの腕枕でうとうとしていると、まだ眠くないらしい彰さんが、静かに話し出した。

「結奈……お前さ。今の会社辞めて、道重堂を手伝わないか？」

「えっ？」

ふわふわとしていた思考が、一気にクリアになる。

今……彰さん、なんて言いました？　会社を辞めて、道重堂を手伝う？

「どうしたんですか突然……」

上目遣いに彼を見つめると、彼は布団の上から優しく私の体を撫でながら言う。

「もちろん、結奈がよければの話だが……商品開発か、あるいは広報活動に関する部署に、お前のような人材が欲しいんだ」

「道重堂の、商品開発か広報……」

思ってもみない提案だったけれど、ときめきに似た胸の高揚を感じた。

……私、やってみたい。仕事内容もわからないうちから、そんな強い意欲だけは湧き上がって来る。

グルメ雑誌の編集という今の仕事も好きだし、会社でもかわいがってもらった方だと思う。新しい企画も任されたところだし、花ちゃんと離れるのも寂しい。だけど……ずっとずっと愛してきた和菓子に関する仕事に専門で携われるのなら、私にとってそれ以上の天職はないような気がしてならない。

「まぁ、今の仕事もあるしすぐにとはいかないだろうから、じっくり考えてみてほしい。あと、これから言うことは社長としてでなく、お前の夫としての正直な気持ちなんだけど」

彰さんはそう前置きをした後、愛情深い眼差しで私を見つめた。

「たとえ仕事でも、結奈を手の届く範囲に置いておきたい……そんなエゴもある」

「彰さん……」

彼が珍しく垣間見せた独占欲に、胸がドキンと鳴った。

出会ったばかりのころはあれほど『恋愛感情はない』と言っていたのに、今ではこんなにも妻を溺愛する夫に豹変してしまった。

意外な姿だけれど、ここまで愛されてうれしくないわけがない。私は彼に微笑みかけ、自分の意思を告げる。

「私、前向きに考えてみます。すごく魅力的なお仕事だと思うし、道重堂の社員になれば、いつでもあなたのそばにいられるみたいで、安心できそうだから……」

「今だって、俺の心はいつでも結奈のそばにあるよ。……もちろん、これからも永遠にだ」

誓いのような言葉に、胸がじーんと温かくなる。

「私……あなたの妻になれて幸せです」

「あまりかわいいことを言うな。もう一度抱きたくなる」

彰さんは苦笑しながらそう言って、私の唇に優しいキスを落として言った。

「でも明日の仕事にお互い差し障るからな。……今夜はおやすみ、結奈」

「はい。おやすみなさい、彰さん」

心地よい疲れと、彼の穏やかな声色がすぐに眠気を誘い、私は満ち足りた気持ちで眠りについた。

甘い時間は永遠に

私は年内いっぱいで美郷出版を辞め、新しい年を迎えるのと同時に道重堂の社員になった。

私の抱えていた仕事を引き継いでくれたのは花ちゃんで、インタビューの企画も継続してできるのだそう。

あれほどズバズバ私に対して発言していた彼女が、勤務最終日にはなんと大号泣。もらい泣きしてしまった私は彼女と抱き合って別れを惜しんだ。親しい同僚や上司たちからは『結婚式には絶対に呼んでね』と声をかけてもらった。

確かに彰さんと私はまだ式を挙げていない。

仕事が落ち着いたら……とタイミングを計りながらも、まだ予定を組めていないというのが現状だ。

お互いの親も楽しみにしているし早くしたいのは山々なのだけれど、新年早々道重堂にとって大事なイベントがあり、それが終わるまでは結婚式どころではなかった。

一月中旬に行われたそのイベントは、パリで行われる日本の食文化を広めるためのパーティだった。

定期的に開かれているこのイベントは毎回違うジャンルの食べ物を扱っているそうなのだけれど、今回は〝日本のお菓子〟がテーマ。

日本国内のあらゆるお菓子企業が広い会場内にブースを設けて、パリの人々にお菓子の魅力を伝えるのだ。

道重堂もこのイベントに呼ばれ、社長の彰さんに秘書の冬樹さん、本店の親方倉田さん、その他たくさんの関係者が海を越えてやってきた。

私もそのうちのひとりで、普段は広報部にて仕事をしているものの、今回は社長夫人として一緒に来るように命じられた。

イベントの盛り上がりは上々で、フランスの人々が道重堂のお菓子を「セボン！」と瞳を輝かせて評してくれる姿には、社員としてもそうだし、いち道重堂ファンとしても感慨深いものがあった。

しかし、いつまでも呑気にしている場合ではない。私たちの重要なミッションは、パーティ後半に控えているのである。

今回招かれているなかでも、実力と話題性を考慮して選ばれたふたつの企業が、お客様の前でお菓子作りをして、その味や見た目などを競うというイベントだ。

そして、なにを隠そう、道重堂と勝負をする相手企業は平川さんが社長をつとめるvanillaなのだ。

その準備のため、私と彰さん、そして倉田さんは、会場内にある食材を保管している倉庫へと足を運んでいた。

「どうしよう、緊張してお腹がすかない」

「……それはさっきお前がケーキだのエクレアだのを食いすぎたせいだろ」

「あ、そうか。……だってパリのお菓子って美味しすぎて！」

私が大袈裟に嘆いた瞬間、倉田さんの冷ややかな声が飛んでくる。

「ちょっと、そこで夫婦漫才するのやめてくれないかな？　オジサン真剣なの」

「す、すみません……」

彼は、必要な食材がきちんと日本から届けられているか、手元のリストと照らし合わせながら確認している最中だ。

私は彰さんと目を合わせて〝しーっ〟と静かにする仕草をし、倉田さんの作業を見守る。

「あれ……おかしいな」

「どうした」

リストと食材を何度も見比べて首を傾げる倉田さんに、彰さんが声をかける。

「使う予定の日本酒がないんです。……輸送前に日本でチェックした時はあったはずなのに」

私は、困り顔で倉庫内をあちこち探している倉田さんに尋ねる。

「倉田さん、日本酒でなにを作ろうとしていたんですか？」

「パリではお馴染みのマカロンです。クリームの中にほんの少し忍ばせて、日本酒の風味を楽しんでもらおうと思っていたんですが」

倉田さんは和菓子職人なので、マカロンを作ろうとしていたとは意外だった。

でも、パリの人々に愛されるお菓子に日本酒を忍ばせるなんて粋だし、イベントとしてもすごく盛り上がりそう。

「……ないものは仕方がない。日本の食材が売っている店で、代わりになる日本酒を探そう」

「ダメです、社長。あの酒は、親しい蔵元に譲ってもらった特別な吟醸酒で……海外で代わりが見つかるような物ではありません」

「そうだったのか……」

倉田さんの話を聞くと、彰さんも苦渋の表情になり、ふたりは黙り込んでしまう。

なんとかならないだろうか。イベントの成功も道重堂の勝利も、食材ひとつで失うなんていやだよ……。

私は頭の中の、あらゆる食べ物に関する引き出しを開けて、いい思い付きがないかとジッと考える。

日本酒……お酒……マカロン……。日本文化とフランス文化の融合……。

「あの、倉田さん！　逆の発想……はダメでしょうか」

「逆？　結奈さん、どういうこと？」

不思議そうな彼に、私は自分の考えを順序立てて伝えた。

「倉田さんは、パリで人気のマカロンというお菓子に、日本が誇る美味しいお酒を使おうと思ったわけですよね。それが無理なら、この土地でポピュラーな食材を使った和菓子を作るっていうのはどうでしょうか？　もしそれができれば、パリの人も和菓子に親しみが湧くでしょうし……って。あの、素人なのにすみません」

思いの外熱く語ってしまったことに恐縮しつつ、倉田さんと彰さんを交互に見てふたりの反応を窺う。

「いいかもしれないな……。俺も仕事で海外に来ると、やはり日本と同じ食材が現地になくて困ることがよくある。そういう時は日本からの輸入食品を扱う店で済ませてしまうが、その土地の食材をうまく使うという手もあるか」

彰さんは顎に手を当て、なかなか名案だというふうに言ってくれるけれど、作れるかどうか判断するのは職人である倉田さんだ。

一番気になる彼の反応を、ドキドキしながら待っていたら。

「結奈さん……いいよ、それ。今、俺の頭の中にアイデアが降ってきた」

「えっ。倉田さん、本当ですか⁉」

「ああ。……今から急いで買い物に出てくる。イベントまでには帰るから！」

職人としての血が騒ぐのか、倉田さんはあっという間に倉庫を出て行ってしまった。

そして、入れ違うように倉庫に入ってきたのは久々に顔を合わせる平川さんだった。

「よう。今、お前んとこの職人慌てて出てったけどどうした？」

「……足りない食材を調達しに行ったんだ」

彰さんが淡々と答えると、平川さんが不愉快そうに言う。

「おいおい、大丈夫かよ道重堂は。せっかく今回は正々堂々、直接対決ができると思ってたのに、こんなぎりぎりになって食材が揃ってないなんて」

「心配には及ばない。うちの職人の腕は確かだし、今回は強力な助っ人もいる」

自信満々に宣言し、私の肩にポンと手を置く彰さん。

え。助っ人ってもしかして私のこと……？

思いがけない言葉に目を丸くして彼を見上げると、彰さんは優しく微笑んで頷く。

それからまた平川さんに向き直って、自慢げに言った。

「結奈はこう見えて、うちのブレーンなんだ」

いや、彰さん……それはいくらなんでも褒めすぎなのでは！　平川さんも反応に困っているよきっと……。

身に余る評価に恐縮してくすぐったさを感じていたら、平川さんの口から意外な言葉が出る。

「だろうね。vanillaの取材をしてくれた時も、結奈の鋭い観察力や分析力、菓子に関する知識の多さには驚かされるばかりだった。こりゃ気を引き締めてかからないとダメだな。……毬亜にもそう伝えておくか」

平川さんが呟いた名前に、彰さんが反応して尋ねる。

「今日の菓子は、毬亜が作るのか」

「ああ。兄のひいき目なしに、あいつはうちの若手で一番の才能あるパティシエだ。お前の記憶の中では今でも泣き虫のちび毬亜かもしれないが、もういっぱしの職人だよ。相手がたとえ道重堂でも、手加減なんかしない」

「ああ。望むところだ」

不敵に微笑み合うふたりの間には、バチバチと火花が散っているよう。

けれど以前のようなドロドロした暗い雰囲気が漂うことはなく、真剣勝負の前の心地よい緊張感に包まれていた。

彰さん、変わったな……。前は、平川さんに言われるがままだったのに。

堂々と宣戦布告する彼の姿は、家の中で見る甘い彼とはまた違い、男らしくて惚れ直してしまった。

倉庫を出た後、彰さんは関係者とともにイベントの最終チェックに追われていた。

一緒にいると邪魔になってしまう私は、会場の入り口付近で今か今かと倉田さんの帰りを待っていた。

やがて、白い調理着の上にダウンをまとった倉田さんが、遠くの方から走ってきた。

彼の手にはしっかり買い物袋が握られていて、どうやら満足のいく食材が手に入ったようだ。

「倉田さん、お帰りなさい！　いいのありました？」

「もちろんだ。楽しみにしていてくれよ？」

親指を立てて自信を示した彼に、ほっと胸を撫でおろす。

それにしても、なにを買ってきて、なにを作るんだろう。倉田さんを信頼はしていても、vanilla のパティシエ毬亜さんを侮ることもできない。

期待半分、不安半分の気持ちを抱えながら、私はまた会場の中へ戻った。

vanilla との直接対決イベントは滞りなく進み、結果発表を待つだけとなった。

倉田さんも毬亜さんも全力を尽くし、どちらも素晴らしいお菓子を作った。

「さて、勝利を手にしたのはいったいどちらなのでしょうか。老舗和菓子店の道重堂か、それとも新進気鋭の洋菓子店 vanilla か。投票結果はこちらです！」

日本語とフランス語、同時通訳のアナウンスが会場に流れ、会場のスクリーンに点数を表示したパネルが現れる。

祈るように手を合わせてスクリーンを眺めていた私は、結果が表示された瞬間、大きく目を見開いて隣にいた彰さんに抱きついた。

「勝った……！　勝ちました！　彰さん！」

思いの外大差をつけた票数での、道重堂の勝利だった。彰さんもうれしそうに目元を緩め、スクリーンに見入っている。

「ああ。……勝ったな。一時はどうなることかと思ったが、さすが倉田だ」

ちらりと視線を向けた先には、見事勝利を収めた倉田さんが、今回作った和菓子について説明を始めるところだった。

日本酒マカロンを諦めた彼が作ったのは、一見普通の和菓子にしか見えないシンプルな三色団子。ただ、通常緑色のヨモギ団子であろう部分が、綺麗な青色をしている。

「ピンク色の部分には、パリでなじみのある野菜のひとつである、ビーツを使いました。それから白の部分には、フランス産クリームチーズを練り込んであります。青色はね、最初は現地で採れる緑の野菜で作ろうかとも思ったんですが、どうしても青にしたかったので、ブルーキュラソーを使いました」

倉田さんは苦手であろうインタビューに応じながら、彼がそうまでして青にこだわった理由を語った。

「こんな遠く離れた場所で、日本の食文化のことについて知ろうとしてくれるパリの方々に、なにか感謝を表すようなお菓子が作りたいなと思って……それで、トリコロールカラーにしようと思ったんです。私たちをこのような楽しくて美味しくて、勉強になるイベントに参加させてくださって、ありがとうございました」

倉田さんはそう締めくくり、深々と頭を下げる。同じく道重堂の一員として、私や彰さん、他の社員たちも、そろってお辞儀をした。

会場が大きな拍手に包まれるなか、私は小さなすすり泣きが聞こえた気がしてその方向を振り返る。そこには、目を真っ赤にして悔し涙を流す、毬亜さんの姿があった。

道重堂の勝利はうれしいけれど、彼女は彰さんにとって家族同然の存在。そんな人の涙を見て胸がずきっと痛んだ私は、彼女を放っておけなかった。

「私、ちょっと行ってきます」

私は彰さんにそう伝えると、コックコート姿の毬亜さんのもとへ近づいていった。

「毬亜さん」

「あ、結奈さん……やだ、恥ずかしいところ見られちゃった」

声をかけると、毬亜さんが慌てて涙を拭い、取り繕ったような笑顔を作った。

無理に笑わなくていいのにと思いつつ、私はそばの作業台に置かれた毬亜さんの作品を見つめる。

「素晴らしかったです。毬亜さんのお菓子。こんな大舞台で、しかもパリの人々を前に、この地域の伝統的なお菓子、パリブレストを作るなんて」

サクサクのシュー生地にたっぷりのクリームを挟んだ、素朴な見た目のパリブレスト。ごまかしようのないシンプルなそのお菓子を選んだ毬亜さんのプロ意識を、私は素直にすごいと思った。

「ありがとう、結奈さん。でも、やっぱりまだ経験不足だったみたい。今日実際に食べてくれた現地の方々から、ああした方がいい、こうした方がいいって助言をたくさんいただいちゃって……もっともっと、修行しないと」

毬亜さんはそう言って、また瞳に涙を浮かべた。そんな彼女をどうしても励ましたくて、私は彼女の両手をぎゅっと握ると言った。

「毬亜さん、修行もいいけど、日本に帰ったら私と美味しいお菓子を食べに出かけませんか？　私ね、洋菓子も和菓子も美味しいお店たくさん知ってるの。毬亜さんと、友達にもなりたいし……どうかな？」

「結奈さん……はい！　ぜひ！」

にこっと笑った彼女の笑顔は、今度こそ本物だった。私もうれしくなって微笑み、毬亜さんと日本で再会することを約束した。

無事に道重堂の勝利で幕を閉じたイベントは大成功に終わり、私たちの仕事も終了した。

まだ夕方の時間帯なので、彰さんとパリの街でも散策したいなぁと思うのだけれど……。

　彼は現地の知り合いや同業者の社長、そして多くのパリジェンヌたちに囲まれてなかなか自由にさせてもらえそうになかった。

　最初は私も同行して「妻です」なんて、付け焼刃のフランス語で澄ました挨拶をしていたけれど、途中から疲れてしまったため彰さんが気をきかせて「結奈はどこかで休んでいて」と言ってくれたのだ。

　……それにしても、ひとりではひまだ。

　なんて思いながら、会場の外にある広い庭のベンチに座り、観光ブックを眺めていたその時。

「あれ？　彰に放置されてんの？」

　聞きなれたチャラい声が聞こえて、私は顔を見るまでもなくその人物の正体がわかる。

「平川さん……。別に、放置されているわけでは」

「ふーん。ま、どうでもいいけど。ねえ、隣いい？」

「ダメって言っても座るんですよね？」

「ははっ。よくわかったね」

明るい笑みをこぼしながら、どかりとベンチに腰かけた平川さん。

妹である毬亜さんは勝負に負けて泣いていたけれど、彼はどんな心境なのだろう。

そんなふうに思って彼の横顔を見つめていたけれど、彼はしばらく無言で頭上の空を仰ぎ見ていた。

……静かな彼は、ちょっと気味が悪い。そんな失礼なことを思っていたら、彼は不意にこんなことを言った。

「……やっぱり、ダメだったな。俺、わかってたんだ。洋菓子と和菓子という違いがあるとはいえ、道重堂の歴史ある職人の技術や洗練された菓子の味に、vanilla はまだ追いついていないって」

「え……？」

それって、さっきのイベントでの勝負のこと？

始まる前は挑発的な態度をとっていたのに、今の彼はどこか弱気だ。

「それでも、彰に……道重堂にたたきのめされなきゃ、認めたくなかったんだ。しかし、いざ負けるとなかなか苦いよ、敗北の味は」

いつもの軽い口調で冗談めかすけれど、きっと本心なのだろう。珍しく殊勝な彼の姿を見ていると、前から感じていた彼への苦手意識が薄れていくのを感じた。

「……なんで、それを私に教えてくれるんですか？」

「んー？　だから、言ってるじゃん。俺は、結奈にひと目惚れしたの。ねえ、これが最後の告白だから、もう一度だけ言うよ？」

姿勢を正した彼が、まっすぐに私を見る。いつもふざけてばかりの彼の真剣な瞳にちょっと動揺するけれど、私の答えは決まっているので、取り乱すことはなかった。

「彰なんてやめて、俺にしなよ」

私はすうっと息を吸い、断るために口を開いた。……のだけれど。

「ってか、無理やり奪っていい？」

私の答えを待つより先に、平川さんの手が私の顎に添えられる。

えっ。ちょっと、そんなの反則……っ！

キスされるかもと思って、ぎゅっとまぶたを閉じて抵抗しようとしたその時。

「……なにやってんだ。結奈だけは譲れないって、前にも言っただろ」

地の底から聞こえるような低く怒りの滲んだ声が、ベンチの後ろの方から聞こえた。

平川さんはスッと顎から手を離し、がっかりした口調で言う。

「なーんだ。邪魔者来ちゃった」

私は声のした方を振り向き、泣きそうな顔を彰さんに向けた。

「よかった……彰さん！　もうっ！　この人ってば手癖が悪くて！」

ベンチから降りて旦那様のもとへ駆け寄ると、平川さんがどこか寂しげに話し出した。

「まったく……彰って、結奈のこととなるといつもマジになるのな。花火大会の日もそうだった。俺が先に結奈のこと追いかけようとしたのに、お前がすんげえ力で俺の腕掴んでさ。『結奈のことは俺が追いかける。いくらお前に負い目があっても、彼女のことだけは譲れない』とか言ってんの」

知らなかった。ふたりの間にそんな会話があったなんて。あの時、私は不安に揺れていたけれど、彰さんは私だけを見て、真摯に想ってくれていたんだ。

初めて知る事実をうれしく思っていると、平川さんはあからさまに私たちを馬鹿にして言う。

「……だっせえよな。夫婦のくせに、青くさい恋愛しちゃって」

なんですって……？

私は聞き捨てならないセリフにむっとして、再び平川さんのもとへつかつか歩み寄ると、強く言い返した。

「ださいのは、あなたの方じゃない」

「え……?」

「いつだって自分は本気じゃないみたいな顔して、正面から人と向き合うのを避けて……そんな人に、本気で恋愛している私たちを馬鹿にする権利なんてない。ださくたって、青くさくたって、私は彰さんを愛している。その気持ちを踏みにじるようなこと言わないで!」

畳みかけるように一気に言い放ち、彰さんのもとへ戻る。

彰さんは優しい笑みで私の頭をポンポン撫で、それから平川さんに向かってこう言った。

「前にも言ったけど……お前には、自分の力で未来を切り開く力がある。じゃなきゃ、vanillaをあそこまで成長させることなんてできない。もう他人をあざ笑うのはやめて、その力を自分や周りの人を幸せにするために使えよ。お前には、幸せになってほしいんだ」

彰さんは、平川さんの本来の姿を知る数少ない理解者なはず。そんな彼の言葉が、平川さんにちゃんと伝われば——。私は願いを込めて、平川さんの後ろ姿を見つめる。

始めは落ち込んだようにうなだれていた彼だったけれど、やがて「あ〜もう!」と声を荒立てて、金髪頭をガシガシとかいて立ち上がった。

そして、私たちふたりのもとへ歩み寄ってくると、すれ違いざまにぴたりと足を止め、さも面倒くさそうに言った。

「……ったく、説教くさい夫婦だな。わかったよもう。俺の力でなにができるのか……これからよく考えてみるよ。……あと」

まっすぐ前を見ていた彼が、私たちを交互に見つめてひと言。

「お前らこそ、幸せになんねーと許さないから」

ぶっきらぼうな言い方だったけど、彼なりの照れ隠しだろう。まさか平川さんから祝福の言葉をもらえるとは思っていなかったから、驚くのと同時にじわじわと優しい気持ちが胸に広がる。

そのまま私たちのもとを去ろうとする彼の背中に、私は「言われなくても！」と明るい声で返した。平川さんは振り向かなかったけれど、彼なら微笑んでくれたに違いないと、私は信じたのだった。

それから私は彰さんと、念願叶ってパリの街を散策した。と言っても内容はほぼ食べ歩きなのだけれど、私たちは楽しい時間を過ごし、ほどよい疲れのなか宿泊先のホテルへと戻ってきた。

彼がとってくれた部屋は三ツ星ホテルの中でも、さらに豪華なスイートルーム。天蓋付きの大きなベッドや、バスルームのおしゃれな猫足バスタブにひとしきり興奮した後、お互い上質のバスローブに身を包んでしばしくつろいだ。

少し経ってから、彰さんがデスクにパソコンを広げてなにか作業しようとし始めたので、私はその背中に声をかけた。

「あの、お仕事が済んでからでいいので、少しパソコンを貸していただけますか？」

「ああ。構わないけど……なんに使うんだ？」

彰さんがデスクから振り向いて尋ねるけれど、私は少々言うのをためらって口を噤んだ。

結婚してから今まで、なんとなく恥ずかしくて黙っていたけれど、どうしよう。でも、彰さんなら私の趣味を知ったって、幻滅することなんてないよね……？

「ブログです」

「ブログ？」

「はい。和菓子とか、甘いものを食べては、その商品情報だとか味の感想を、つれづれなるままに綴っているのですが……。今日はせっかくパリで美味しいものをたくさん食べたので、記録しておきたくて」

　実際にそのブログを見せてみようと、スマホを操作して自分のブログ画面を表示させる。そしてデスクに近寄っていく途中、彰さんがパソコンを操作しながら話す。

「ブログと言えば……俺も愛読してるブログがあってな。餡子が食べられなくて思い悩んでいる時に、ずいぶん助けられた。それも、結奈のような和菓子好きが書いているらしいんだけど、時々道重堂商品のことも紹介されていて興味深いんだ」

　そして、彼がカチッとマウスをクリックしたのと同時に、私がスマホ画面を彼の前に差し出し――私たちはふたりして、固まってしまう。

「こ、これは……」

「あるのか、こんな偶然……」

　スマホとパソコン、両方の画面に表示されているのは、まったく同じブログ。

【大福いちこのぽっちゃりでなにが悪い！】

　見覚えのありすぎるタイトルが、大小ふたつの画面の中で大きく存在を主張していた。

　私たちはしばらくぽかんとした後で顔を見合わせ、思わず笑ってしまった。

　やがて、彰さんがしみじみ噛みしめるように言った。

「そうか……俺は、出会うより前から、お前に支えられていたんだな」

「そ、そんな支えるなんて大袈裟です」

私は、自分の趣味のために好きなようにブログを書いていただけ。

でも、まさかそれを彰さんが読んでいたという偶然には……恥ずかしいけれど、運命って本当にあるのかもなんて、ロマンチックな思いに浸ってしまう。

「……あ、そうだ。これも結奈に見せたかったんだ」

思い出したように言って、またパソコンを操作し始める彰さん。そしてパッと画面に現れたのは、美しい海に面した教会と、ウエディングドレス姿に身を包んだ花嫁の後ろ姿の写真。

それに【輝く海に祝福されながら、最高のウエディングを】という、わくわくするようなキャッチフレーズが画面上に踊る。

「これはもしかして、私たちの式場の候補ですか……?」

「ああ。仕事の合間にコツコツ探してたんだ。まぁ、実際にこの目で見ないとなんとも言えないが、いちおう俺はここが気に入ったから、今度の休みにでも行ってみないかと思ったんだが」

「行く！　行きます！　……でもごめんなさい、私は全然探してなくて」

ブログの更新なんかよりそっちの方が大事なのに……。彰さんに頼りきりの自分を反省し、肩をすくめる。

「いいよ別に。なんなら、衣装も食事も披露宴の余興も、俺が全部プロデュースしてやる」

「そ、そんなにですか⁉　すごいやる気ですね」

「そりゃ、結奈が幸せそうにする顔を見たいからな」

サラッと甘いセリフを放つ彼に、今でも慣れずにドキドキしてしまう。

私ははにかみながら「ありがとう」と言って、後ろから顔を覗き込むような体勢で、チュッと彼に口づけた。だけどやっぱり照れくささに負け、すぐに彰さんのもとをぴゅーっと離れて天蓋付きベッドにダイブした。

ダメだ。夫婦になってだいぶ経つけれど、やっぱり自分からキスするのって勇気がいる……。

仰向けで抱えたクッションに顔を押しつけ、心の中で悶えていたその時。ギシッとベッドのスプリングが鳴って、すぐそばにパソコンに向かっていたはずの旦那様の気配がした。

かと思えば、彼は私の手から無理やりクッションを奪うとしたり顔で指摘する。

「……やっぱり赤くなってる」

「も、もう！　自分でもわかってますから、いちいち言わないでください！」

そして彼の手からクッションを奪い返そうとしたけれど、優しく手首を掴まれたかと思うと、ベッドに組み敷かれてしまう。

ドキン、と胸が鳴り、私はおずおず上目遣いで尋ねる。

「あれ？　お仕事は？」

「別にあとでも構わない案件だ。というか、結奈が俺を煽ったからその気になったんじゃないか」

「あ、煽った？　私が、いつ？」

そんなつもりはないのにと慌てる私に、彰さんは甘く妖艶な声で告げる。

「……いつもいつでも、だよ。結奈がふとした瞬間に見せてくれる色々な顔が、たまらなく愛しいんだ。こんなに人を好きになることが、俺の人生にあるとは思わなかった。だから、何度でも伝えさせてほしい。結奈を愛してるってこと……言葉でも、体でも」

彰さんのとろけそうな愛の言葉に、もともと赤かったであろう顔に、さらなる火照りが広がる。いや、厳密にいえば顔だけじゃなく……お腹の下の方まで、熱くてきゅうっとなって、彼が欲しいって言ってる。

でもそれを言葉にできるほどの度胸はなく、無言で物欲しげな視線を送れば、彰さんは襲い掛かるように激しいキスを降らせた。

私はこうして彼に愛されることで、食べ物以外にも甘いものがあることを知った。

それは、大好きな和菓子に負けないほど甘美な、彰さんとの夫婦生活。

その中毒性に時々悩まされるけれど、たくさんの愛しい気持ちをくれる。

契約から始まった結婚だったなんて、今では誰も信じない。

私は彼に愛されて、そして同じぶん彼を愛して。

夫婦ふたりだけが作り出せる特別な甘さを、永遠に堪能するのだ。

FIN

あとがき

はじめまして、宝月なごみと申します。本作を手に取っていただき、ありがとうございます。生クリームの濃厚な甘さより、チョコレートの香り高い甘さより、小豆味のほっこり優しい甘さの恋愛小説を目指した本作でしたが、いかがでしたでしょうか。

ヒロイン結奈のように、痩せたいけど食べたい……という悩ましいジレンマ、皆さんも一度は抱えたことあるんじゃないでしょうか？　私は、常にあります。

けれどそんな時、夫あるいは恋人には、「痩せたいなら我慢した方がいいよ」ともっともな注意をされるよりは「食べていいよ」と優しく甘やかしてもらいたいタイプ。その方が、我慢するよりむしろ美容にいいホルモンが出る気がしません？

というわけで、私の理想を詰め込み、彰のようなありのままを受け入れてくれるヒーローが誕生しました。しかし彼も完璧人間というわけではなく、結奈と出会ったからこそ、彼本来の笑顔や優しさを取り戻すことができました。

結奈と彰のように、互いに思いやりを持ち、足りない部分を補い合うような関係もまた私の理想です。

現実ではなかなか〝常に思いやりを〟というのは難しい部分もありますが、喧嘩しててもぎくしゃくしてても、最後には「ごめんね」と言えるように、私も日々心掛けています。ただし、軽々しく「ごめんね」を多用していると、〝こいつ謝れば許してもらえると思ってるな〟と、私の夫のように勘ぐる方もいるのですが……。

さて、本作の書籍化にあたりご尽力いただいた担当の鶴嶋様、編集にご協力いただいたいずみ様、作品のイメージにぴったりの素敵なカバーイラストを描いてくださった椎名様、この本の制作にかかわってくださったすべての方々に、厚く御礼申し上げます。

そして読者の皆様、この作品に出会ってくださりありがとうございます。私は現在も、小説サイト『Berry's Cafe』にてさまざまな甘さの恋愛小説を執筆しておりますので、本作をきっかけに、お味見に来てくださるとうれしいです。

どんなに甘くてもカロリーはゼロ！　うちの結奈もそう宣伝しております。

宝月《ほうづき》なごみ

宝月なごみ先生への
ファンレターのあて先

〒104-0031
東京都中央区京橋1-3-1
八重洲口大栄ビル7F
スターツ出版株式会社　書籍編集部　気付

宝月なごみ先生

本書へのご意見をお聞かせください

お買い上げいただき、ありがとうございます。
今後の編集の参考にさせていただきますので、
アンケートにお答えいただければ幸いです。

下記URLまたはQRコードから
アンケートページへお入りください。
https://www.berrys-cafe.jp/static/etc/bb

契約新婚

～強引社長は若奥様を甘やかしすぎる～

2019年7月10日　初版第1刷発行

著　者　宝月なごみ

発行人　松島 滋
デザイン　カバー　井上愛理（ナルティス）
フォーマット　hive & co.,ltd.
校　正　株式会社　文字工房燦光
編集協力　いずみかな
編　集　鶴嶋里紗
発行所　スターツ出版株式会社
〒104-0031
東京都中央区京橋1-3-1　八重洲口大栄ビル7F
TEL　出版マーケティンググループ　03-6202-0386
（ご注文等に関するお問い合わせ）
URL　https://starts-pub.jp/
印刷所　大日本印刷株式会社

Printed in Japan

ISBN 978-4-8137-0712-7　C0193

ベリーズ文庫 2019年7月発売

『契約新婚～強引社長は若奥様を甘やかしすぎる～』　宝月《ほうづき》なごみ・著

出版社に勤める結奈は和菓子オタク。そのせいで、取材先だった老舗和菓子店の社長・彰に目を付けられ、彼のお見合い回避のため婚約者のふりをさせられる。ところが、結奈を気に入った彰はいつの間にか婚姻届を提出し、ふたりは夫婦になってしまう。突然始まった新婚生活は、想像以上に甘すぎて…。

ISBN 978-4-8137-0712-7／定価：本体630円＋税

『新妻独占 一途な御曹司の愛してるがとまらない』　小春《こはる》りん・著

入院中の祖母の世話をするため、ジュエリーデザイナーになる夢を諦めた桜。趣味として運営していたネットショップをきっかけに、なんと有名ジュエリー会社からスカウトされる。祖母の病気を理由に断るも、『君が望むことは何でも叶える』――イケメン社長・湊が結婚を条件に全面援助をすると言い出して…!?

ISBN 978-4-8137-0713-4／定価：本体640円＋税

『独占欲高めな社長に捕獲されました』　真彩《まあや》-mahya-・著

リゾート開発企業で働く美羽の実家は、田舎の画廊。そこに自社の若き社長・昴が買収目的で訪れた。断固拒否する美羽に、ある条件を提示する昴。それを達成しようと奔走する美羽を、彼はなぜか甘くイジワルに構い、翻弄し続ける。戸惑う美羽だったが、あるとき突然「お前が欲しくなった」と熱く迫られて…!?

ISBN 978-4-8137-0714-1／定価：本体630円＋税

『ベリーズ文庫 溺甘アンソロジー3 愛されママ』

「妊娠＆子ども」をテーマに、ベリーズ文庫人気作家の若菜モモ、西ナナヲ、藍里まめ、桃城猫緒、砂川雨路が書き下ろす魅惑の溺甘アンソロジー！　御曹司、副社長、エリート上司などハイスペック男子と繰り広げるとっておきの大人の極上ラブストーリー5作品を収録！

ISBN 978-4-8137-0715-8／定価：本体640円＋税

『婚約破棄するつもりでしたが、御曹司と甘い新婚生活が始まりました』　滝井《たきい》みらん・著

家同士の決めた許嫁と結婚間近の瑠璃。相手は密かに想いを寄せるイケメン御曹司・玲人。だけど彼は自分を愛していない。だから玲人のために婚約破棄を申し出たのに…。「俺に火をつけたのは瑠璃だよ。責任取って」――。強引に始まった婚前同居で、クールな彼が豹変!?　独占欲露わに瑠璃を求めてきて…。

ISBN 978-4-8137-0716-5／定価：本体640円＋税

タイトル、価格等は変更になることがございますのでご了承ください。